KB062965

자연에서 읽다

자연에서 읽다

김혜형

낮은산

차
례

문장에 마음을 베이다

도시에서 나서 도시밖에 모르고 자란 '무지한 도시내기'가 어느 날 가슴속 열망을 주체 못하고 삶을 통째로 뽑아 자연으로 옮겼습니다. 밖에서 볼 땐 갑작스러웠겠지만 안에선 씨앗이 무르익어 씨방이 터지는 것과 같았지요. 목마름이 견딜 수 없는 지경에 이르니 내 손으로 우물이든 물웅덩이든 파지 않을 수 없었어요.

일단 몸을 옮기니 그때부터 도처가 학교이고 만물이 공부거리였습니다. 도시든 어디든 인생에 공부 자리 아닌 곳이 없지만, 그 무렵 내 마음을 사로잡은 학교는 자연이었어요. 가뭄에 타던 풀포기가 단비 빨아들이듯 한껏 배우고 겪었습니다. 할 수 있는 건 다 해 보고 맛볼 수 있는 건 다 맛보았지요. 몸 아끼지 않고 잘 놀았습니다.

봄에는 나물을 캐고 버섯을 따고, 갖가지 풀과 나무의 새순으로 상아찌를 담그고 차를 덖었습니다. 비닐집에 씨앗을 발아시켜 수십 종의 밭작물을 심고, 논에 나가 못자리와 모내기를 했지요. 곡물과 비지와 풀을 발효시켜 만든 모이로 닭들에게서 알을 얻었고, 박새와 딱새가 둥지를 틀어 아기새 키우는 걸 지켜보았습니다.

여름에는 물장화 신고 논에 들어가 피를 뽑고, 호미를 쥐고 밭고랑에 쪼그려 앉아 솟구치는 풀과 씨름했어요. 잘 익은 오디와 보리수와 매실을 따서 잼을 졸이고 효소를 담갔지요. 작물에 번성하는 벌레를 잡고, 고추 순을 끊어 먹는 고라니를 쫓고, 개구리와 두꺼비와 뱀을 맞닥뜨리고, 뒷산에서 들려오는 새소리를 들었습니다.

가을엔 추수한 벼로 햅쌀밥을 지었습니다. 붉은 고추를 따서 말려 고춧가루를 빻고, 콩과 팥과 깨를 털고, 가지와 호박과 표고버섯을 말렸지요. 고구마와 도토리 앙금으로 묵 가루를 내고, 구절초와 산국으로 꽃차도 만들었어요. 땅이 얼기 전 양파 모종과 씨마늘을 심고, 배추와 무를 거둬 김장을 담그고, 내년에 쓸 종자를 갈무리하면 한 해 노동의 끝이 보였습니다.

겨울엔 땔감을 날라 방을 덥히고 햇살 드는 창가에 앉아 콩을 골랐어요. 가을에 저장해 둔 묵나물을 해 먹고, 바느질을 해서 식구들의 옷을 지었습니다. 목재로 가구나 소품을 만들었고, 흙을 빚어 그릇도 구웠지요. 그리고 허기진 마음으로 책을 읽고 글을 썼습니다. 가슴속 말들이 목젖까지 차올라 꺼내놓지 않고는 배기기 어려웠지요.

여름 부채질과 겨울 군불 사이를 반복해 오가며 그렇게 하루하루 살았습니다. 인생의 책 한 페이지 넘긴 것 같은데 문득 10년이 지나갔어요. 돌아보면 찰나지만, 수많은 생각이 일어나고 잦아들기를 반복해 온 세월이기도 합니다. 자연의 미지를 탐색하는 즐거움, 나의 무지를 깨닫는 기쁨, 그리고 전체 생명계 안에 작은 그물코로 존재하는 우리를 보았지요. 인문학과 자연과학이 내 안에서 화학 작용을 일으켰습니다. 인간사의 상실을 견딜 만하게 해 준 것이 자연의 기운이라면 비좁은 사고의 틀에 균열을 일으켜 자유의 맛을 알게 한 것은 책의 힘이었지요. 시시때때로 나를 흔들며 가슴에 파고들던 문장들은 지구별의 핍진한 개별자의 삶을 전체 생명계의 유장함과 연결시켜 주었습니다.

자연 안에서 발생한 내 사유의 언어가 때때로 읽고 공명한 책의 문장들과 연애하듯 끌리며 감겨들었습니다. 같은 글이라도 읽는 사람 혹은 시절인연에 따라 공감의 지점과 강도가 달라지지요. 무언가에 공감한다는 건 그에 감응하는 공명판이 내 안에 있다는 뜻일 겁니다. 전도체여야 감전이 되니까요. 펼친 책의 한 문장에 마음이 날카롭게 베인 날이면 나를 둘러싼 외부의 색채마저 달라졌습니다.

이 책에 실린 인용문들은 어느 순간 낚싯바늘에 꿰이듯 마음에 걸려 올라온 글들입니다. 이제껏 읽어온 책들, 마음이 공명한 문장들이야 헤아릴 수 없이 많지만, 여기서는 숲과 들에서 일하고 읽고 감각하고 사유하는 동안 내 마음과 적시에 마주친 문장들을 골랐습니다. 언급된 책은 70종 가까이 되는 듯해요. 책으로 압축된 시공간을 통해 밀착해 들어온 지식과 사상과 지혜, 그리고 동시대인들의 사유와 행위가 끼치는 연쇄 파장의 결과가 우리입니다. 우리는 각자가 다 다르지만 그 다름으로 인해 서로를 학습하고 흡수하며, 사랑하고 닮아 갑니다.

내가 단독자로 세상에 존재하지 않는다는 것은 확실합니다. 이 한 목숨 살아 숨 쉬는 것도 나의 힘만으로 가능한 것이 아니지요. 수많은 인연들이 나를 만들었습니다. 사람과 맺은 인연, 자연과 함께한 시간, 정신을 공유한 책들이 나의 일부를 이루었지요. 나의 모색과 발견과 성찰은 나만의 것이 아닙니다. 책과 사람과 역사의 힘이 놀랍습니다.

나에게 옮겨온 불씨가 나를 통해 다른 사람에게 번지고, 마음과 마음이 이어져 서로를 물들입니다. 산다는 건 참 신비롭고 아름다운 일이지요. 이 불씨는 또 누구에게 옮겨 붙어 누구의 가슴을 물들일까요. 자못 궁금해집니다.

2017년 7월

김혜형

봄

처음 만난 풀꽃들과 낯을 익히다

도시내기의 자연살이 첫 공부

온통 모를 뿐,
모른다는 걸 알 뿐

도시에서 나고 자란 도시내기가 난생처음 시골로 이사 오니, 눈에 보이는 모든 것들이 궁금했습니다. 풀 이름, 꽃 이름, 나무 이름이 궁금했고, 그것들을 먹어도 되는지 안 되는지도 궁금했지요. 풀 끝과 발밑에서 움직이는 작은 벌레와 곤충과 나비들이 궁금했고, 그 이름을 하나하나 부르고 싶었습니다. 새소리가 들리면 무슨 새의 노래인지 알고 싶고, 뒷산에서 들리는 짐승의 소리는 어떤 놈의 외침인지 알고 싶었지요. 논둑 밭둑을 걸을 때면 과거엔 한 번도 보지 못했던, 아니, 보려고 하지도 않았던 별의별 들풀들이 다 보였습니다. 낯선 그들과 하나하나 인사하고 관계 맺고 친해지고 싶었으니, 나는 천생 자연 속에서 살 팔자였던 가 봐요.

마을 논둑길로 나서면 풀들이 지천이에요. 노란 꽃, 흰 꽃, 잔잔한 분홍 꽃들이 풀 더미 사이에서 무수히 흔들립니다. 시골살이 첫해에 가장 궁금했던 건 바로 이런 자잘한 풀꽃들이었죠. 아는 거라곤 고작 쑥과 냉이와 민들레뿐인 도시내기의 자연살이 첫 시작은 '온통 모를 뿐', 내가 모른다는 걸 알 뿐이었습니다.

어느 날, 논둑길에 앉아 무리 지어 핀 노란 풀꽃을 들여다보는데 마침 동네 할머니가 지나가시는 거예요. 반가운 마음에 얼른 여쭤보았지요.

"할머니, 이 풀 이름이 뭐예요?"

그러자 이런 대답이 돌아왔어요.

"그거? 그냥 풀!"

네……, 풀은 풀이지요.

그래서 공부가 시작되었습니다. 풀 이름 하나, 낯선 곤충 하나 찾으려고 몇 시간 동안 대여섯 권의 도감을 끈질기게 뒤지거나 인터넷을 검색하곤 했어요. 가장 많이 들춰 본 도감은 『한국의 자원식물』(김태정)이에요. 오래전 도시에 살 때, 전우익 선생님께서 남편한테 "꼭 사 주고 싶은데 절판으로 도무지 구할 수 없다."며 안타까워하셨던 책이지요. 시골로 이사한 후 틈나면 인터넷 헌책방을 뒤지던 남편이 뜻하지 않게 『한국의 자원식물』 전권(5권)을 발견했을 때 얼마나 반가워하던지요. 선생님 생각도 나고, 지금의 우리한테 꼭 필요한 공부 교재(!)인지라 기쁘게 들여놓았습니다. 선생님은 돌아가셨지만 우리는 도시살이를 청산하고 시골로 들어와서 나무와 풀 공부를 시작했으니, 나무를 좋아하셨던 선생님께서 주신 인연의 책이라 생각되었어요. 도시에서 평범하게 직장 생활을 하고 있던 우리한테 무슨 까닭으로 그 책을 사 주고 싶어 하셨는지, 그때의 선생님 마음이 지금도 가끔 궁금해요. 오래전 봉화 선생님 댁, 뜰의 나무마다 일일이 손수 적어 매달아 두셨던 단정한 나무 이름표들이 기억납니다.

봄나무도 신비해요. 지난봄 마당에 자란 단풍나무 가지가 나날이 붉어져요. 마치 아이 밴 여자의 배가 토닥토닥 불러오듯. 나무도 홍조紅潮 띠는 사춘기가 있나 싶어요. 심은 지 10년, 사춘기가 될 듯해요. 키는 두 길쯤, 몸피는 두 아름 빵빵하고 다부지게 생긴 암나무데 나날이 붉어져 터질 듯하더니 일제히 뾰족한 이파릴 내뿜었어요. 향기도 나구요. 책은 덜 읽고 산과 풀, 나물 보고 배워요. 바라보는 견학見學, 뜻을 새기려 하지 마시고不求深解, 낯을

익히고 친해지소. 친하려면 이름 알아야지요. 이름 불러
주면 금방 친해져요. 친하면 서로 아끼게 되죠.

– 전우익, 『사람이 뭔데』에서

겨울 밭에서
봄맛을 얻다

햇살 따사로운 초봄, 바구니 끼고 뜰에 나왔습니다. 겨우내 삶
아 먹었던 묵나물도 떨어지고, 신선한 채소가 없는 춘궁기를 달
래주는 건 역시 풋풋한 봄나물이지요. 언 흙이 풀려 땅의 표면에
물기가 가득해요. 걸을 때마다 발아래 흙이 폭신폭신 꺼집니다.
호미 한 자루 쥐고 쪼그려 앉아 땅바닥에 다닥다닥 퍼진 봄나물
들을 캐고 있으려니 나도 모르게 입에서 흥얼흥얼 옛 동요가 흘
러나왔어요.

"동무들아 오너라 봄맞이 가자, 너도 나도 바구니 옆에 끼고
서, 달래 냉이 씀바귀 나물 캐 오자, 종다리도 높이 떠 노래 부르
네."

이 동요가 나온 시절에는 초등생 나이의 어린 동무들끼리 이
렇게 나물 캐며 봄맞이를 했을 거예요. 그 시절엔 아이들도 한몫

의 일꾼이었으니까요. 나 어렸을 때도 봄볕 따사로운 날이면 가벼운 나들이 삼아 동무들과 학교 뒷산을 다니며 쑥을 뜯곤 했어요. 엄마한테 한 바구니 갖다드리면 저녁에 향기로운 쑥국을 맛볼 수 있었지요.

요즘 아이들이 달래·냉이·씀바귀를 알아볼 수 있을까요? 아니, 요즘 아이들이 이 노래 속 풍경을 상상으로라도 그려볼 수 있을까요?

쑥은 도시에서 자란 사람들이라도 어렵지 않게 구분하는 봄풀이지요. 지천으로 흔하니 쉽게 구할 수 있고, 조금만 뜯어도 넉넉한 봄 향기를 얻을 수 있어요. 요즘엔 마트에서도 쑥이며 달래·냉이 등 봄나물을 파니 도시에서도 밥상 위 향긋한 쑥국을 손쉽게 맛볼 수 있지요. 어리고 연한 쑥으로는 쑥국을 끓이고, 쑥개떡과 쑥버무리를 해 먹고, 말려서 가루 내어 쑥차도 만들어요. 키가 쑥 자란 여름 쑥대는 베어 말려서 뜨거운 욕조에 넣고 쑥 목욕도 합니다.

쑥은 떠나온 고향의 옛 기억을 흔들어요. 대나무 평상 옆에 마른 쑥으로 모깃불을 피우고, 평상에 누운 막내딸 머리맡의 날벌레를 부채질로 쫓아주셨던 아버지. 어린 날 한여름 밤의 그 매캐하고 향긋한 쑥향이 그리워서, 초여름 무성해진 쑥대를 베어 말렸다가 해 질 녘에 모기 쫓는 쑥불을 피워놓고 아이에게 외할

아버지 이야기를 들려주었지요. 쑥불 연기 핑계 삼아 간혹 눈시울 붉혀가면서요.

봄나물거리 캐는 김에 겸사겸사 밭에 퍼진 다른 풀들도 많이 캤어요. 민들레, 지칭개, 뽀리뱅이, 달맞이꽃, 별꽃, 점나도나물, 꽃마리……. 매서운 겨울을 맨몸으로 꿋꿋이 견딘 힘센 풀들입니다. 커다란 바구니가 가득 찼어요. 다 먹을 수 있는 풀들이지만 굳이 다 먹으려고 하진 않아요. 즐겨 먹는 풀들 몇 가지만 저녁 찬거리 할 만큼 남겨두고 나머지는 몽땅 닭들한테 던져주었습니다. 겨우내 풀이 그리웠던 닭들이 얼마나 좋아하던지요. 봄밭에 풀도 매고 반찬거리도 수확하고 닭 간식까지 마련했으니, 이거야말로 일석삼조, 일거삼득이죠.

풀들은 작물을 키우는 입장에서 보면 제거해야 할 잡초겠지만, 그 본연의 기운과 성질을 우리 몸에 잘 받아들이면 음식이자 보약이에요. 황대권은 『야생초 편지』에서, 사람이 오랫동안 재배하는 과정에서 야생초의 맛과 향기를 다 빼버리고 밋밋하게 만든 것이 야채라고 말합니다. 비료와 농약을 살포해가며 돈이 될 만한 다수확 품종 단일 작물을 재배하는 대규모 기계 농업이 일반화되면서, 결국 먹거리의 엑기스인 수많은 야생초들은 '잡초'로 전락했다는 것이지요.

우리의 먼 조상들은 그런 풀들을 뜯어 먹고 살았다. 문명이란 그 풀 냄새를 점차로 지워 없앤 역사라고 할 수 있다. 야채가 그것이지. 야생의 풀 냄새를 제거하고 인간의 미각 – 작위作為로서의 문명의 변천에 따라 함께 변해온 – 에 맞추어 특정한 맛만을 선택하여 육종, 발전시킨 것이 오늘의 야채이다. 우리 인간은 자신의 알팍한 입맛을 위하여 원래의 야채가 가지고 있던 여러 가지 영양소와 맛을 제거해버리고 특정의 맛과 영양소만을 취하게 된 것이다.

– 황대권, 『야생초 편지』에서

우리 식구들은 기르지 않아도 스스로 자라고 퍼지는 야생초의 맛을 좋아합니다. 풀마다 독특한 향과 맛, 강인한 기운을 느낄 수 있거든요. 먹을 수 있는 건 다 맛보자는 생각에 처음엔 '거대토끼 가족'이라도 된 양 이것저것 다 뜯어 먹었지요. 하지만 지금은 우리 입맛에 너무 쓰거나 자극적인 풀을 억지로 먹지는 않아요. 오래 우려내도 몹시 썼던 지칭개와 뽀리뱅이, 그리고 매운맛이 강했던 달맞이는 한 번 맛본 것으로 끝냈고, 민들레와 씀바귀, 고들빼기와 머위의 쓴맛은 무척 좋아해서 자주 뜯어 먹고 있습니다.

해 저물 무렵 노란 꽃이 일제히 벌어지며 달을 맞이하는 꽃, 달맞이꽃 이름 참 잘 지었어요. 이 꽃을 독일어로는 '밤의 촛불'이라고 한다지요. 꽃의 특징을 파악하는 건 어느 나라나 비슷한 것 같습니다. 해 질 녘에 피어나는 환한 노란 빛은 어둑해지는 주변과 대비되어 고혹적인 느낌마저 일으키지요. "얼마나 기다리다 꽃이 됐나, 달 밝은 밤이면 홀로 피어……" 하는 대중가요의 노랫말도 그런 분위기 덕에 생겼겠지요.

노란 달맞이꽃은 튀겨서 먹기도 하는데, 나는 먹는 것보다 보는 게 즐거워요. 꽃 보는 엄마와는 달리 아이는 전혀 다른 방식으로 달맞이꽃을 사용하더군요. 꽃이 지고 씨방이 무르익으면 그 씨앗으로 기발한 놀이를 해요. 까만 달맞이 씨앗을 머리카락 속에 흩뿌려놓고 심심할 때마다 손가락 끝으로 머리 속을 뒤져 모래알 같은 씨앗을 하나씩 뽑아내는 거죠. 머릿니나 서캐 뽑아내는 것 같아 보여 좀 우스웠는데, 남이 어찌 보든 아랑곳 않고 아이는 머리카락을 샅샅이 뒤져서 씨앗이 더 이상 없다 싶으면 달맞이 여문 씨앗을 따서 또 머리칼 속에 흩뿌려대더군요. 손가락으로 이리저리 쑤셔댄 아이의 머리는 그야말로 봉두난발이지만, 씨앗과의 숨바꼭질에 몰두해 있는 표정은 얼마나 진지한지!

공부거리가
무궁무진 널려 있으니

풀 공부 꽃 공부하기 참 좋은 봄날입니다. 자연살이 초심자에게는 보이는 모든 것이 미지의 세계이자 호기심과 탐구심의 놀이터예요. 산책 삼아 돌아다니며 풀꽃 사진을 찍고 집에 와서 『한국의 자원식물』 전권을 펼쳐 찾다가, 그래도 모르겠으면 야생초 박사인 작은오라버니께 메일을 보냅니다. 남도 땅끝 섬마을에서 미술 선생 노릇을 하며 풀꽃에 매료되어 근 20년을 풀꽃과 나무와 약초 공부에 몰두해온 재야의 고수이지요. 나 같은 풀꽃 초심자에게는 다시없는 '비빌 언덕'이자 궁금증 해결사입니다. 금세 시원시원한 답이 날아오거든요.

지칭개, 뽀리뱅이, 방가지똥, 황새냉이, 점나도나물, 벼룩나물, 광대나물, 가락지나물, 달맞이꽃, 양지꽃, 별꽃, 꽃마리, 씀바귀, 봄맞이꽃……. 그렇게 숱한 풀꽃들의 이름을 하나하나 부르며 낯을 익혔습니다. 동네 할머니한테는 '그냥 풀'인 노란 풀꽃의 이름이, 대학 시절 숱하게 불렀던 노랫말 속 "작업장 언덕 길에 핀" 바로 그 '꽃다지'였다는 걸, 뒤통수 한 대 맞듯 알게 되었음은 물론이고요.

풀들은 과장되게 말하면 '천의 얼굴'을 가졌어요. 겨울을 난

로제트형의 뿌리잎과 여름철 꽃대 올린 상태, 가을의 싹, 열매 맺힌 모습 등이 천양지차입니다. 그런데 대개의 식물도감에는 꽃 핀 사진만 대표로 실려 있으니 초심자로서는 도감을 아무리 들여다봐도 초봄의 어린잎이나 뿌리잎을 알아볼 재간이 없는 거예요. 나물을 하려면 순이 연할 때 끊어야 하는데, 꽃이 핀 후에야 무슨 식물인지 알아본다면 나물로서는 이미 때를 놓쳤지요. 더구나 크게 확대된 도감 사진만 보아서는 실제 풀꽃의 크기를 착각하기 일쑤입니다. 대다수의 풀꽃은 몸을 낮추어 들여다보지 않으면 알아볼 수 없을 만큼 낮고 조그맣거든요.

큰 식물도감들의 한계를 절감하던 어느 날, 우연한 기회에 아주 맘에 드는 책 한 권을 발견했습니다. 좀 더 일찍 사 보지 못한 게 안타까울 정도였지요. 한 손에 쏙 들어가는 크기의 작은 책이지만 묵직한 여러 권짜리 식물도감 못지않게 알찬 책. 가장 큰 장점은 나물할 만한 시기의 어린잎이나 뿌리잎 사진, 꽃 핀 사진, 나물 요리 사진 등이 고스란히 담겨 있다는 거였어요. 작은 지면인데도 필요하다 싶은 사진은 오밀조밀 다 들어가 있고 간단한 설명까지 달려 있어서 곧바로 현장 실습에 적용할 수 있었지요. 책의 제목은 『주머니 속 나물 도감』(이영득)입니다. 이 책을 만난 후 두어 주 사이에 배운 것이 시골살이 초반 두어 해 동안 고군분투해서 배운 것을 넘어섰어요. 막연히 알고 있던 것들이 확연히 정리되는 기쁨은 덤이고요.

> 공부는 '젊을 때, 머리가 좋을 때 하는 것'이라는 건 말짱 거짓말이다. 게다가 누가 더 잘하고 못하고가 뭐가 중요하겠는가. 공부란 궁극적으로 자기를 넘어서는 것일진대, 거기에는 우와 열이 있을 수 없다. 그저 자기가 선 자리에서 한 걸음씩 나갈 수만 있으면 그것으로 충분할 따름이다. (……) 밥을 먹고 물을 마시듯 꾸준히 밀고 가는 항심恒心과 늘 처음으로 돌아가 배움의 태세를 갖추는 하심下心, 공부에 필요한 건 오직 이 두 가지뿐이다.
>
> － 고미숙, 『공부의 달인 호모 쿵푸스』에서

공부하는 게 참 좋아요. 지금 이곳에 살다보니 내가 좋아하는 공부는 자연스럽게 내 눈앞에 펼쳐진 자연 만물에 관한 것이 되었습니다. 사람이 지은 것보다 자연이 지은 것이 훨씬 더 완전해요. 갈수록 그 방향으로 끌립니다. 풀꽃과 나무 공부, 애벌레와 곤충 공부, 새 공부, 동물 공부, 농사 공부, 자식 공부, 마음 공부…….

과거의 익숙한 것들과 헤어지고 나니 그 빈자리에 새로운 것들이 밀려 들어와요. 배울 것이 널려 있다는 게, 공부할 것이 많다는 게 참 좋습니다. 더구나 이 공부들은 졸업장이나 자격증을 얻고 끝나는 공부가 아니잖아요. 나이 먹었다고 못 할 공부도 아니고요. 세상에서 제일 재밌는 공부거리가 무궁무진하게 펼쳐져 있으니, 자연 속에서 사는 일은 도무지 심심할 새가 없군요.

내년 봄에 또 얻어먹을게요

자연에 기대어 사는 고마움

봄날을 꿈꾸는
표고

표고 종균 접종하는 날, 며칠 계속되던 꽃샘추위도 한풀 꺾이고 등허리에 닿는 햇살이 한없이 따뜻합니다. 겨울에 간벌한 산에서 틈틈이 얻어온 참나무 양이 꽤 되는군요. 종균목으로 사용할 나무는 늦가을 단풍이 질 때부터 다음 해 2월경까지 베어낸 나무를 써요. 늦어도 봄날 물오르기 전에는 베어야 하고, 약 60일 안팎으로 말려서 쓰는 게 수분 함량이 적당하대요. 그러니까 아무 때나 베어서는 표고 종균목이 될 수 없는 거지요.

참나무 종류(졸참나무, 갈참나무, 상수리나무, 도토리나무)는 단단하고 무거워서 땔감으로서도 불땀이 좋고, 버섯을 키워도 다른 나무들보다 수확이 좋아요. 잘 말렸다가 켜서 목재로 사용해도 단단하고 품격 있는 가구를 만들 수 있고요. 그래서 '참'나무일까요?

미리 주문해둔 종균 박스를 개봉하고, 전기선을 길게 빼서 전기 드릴을 연결했습니다. 종균 접종할 때는 힘센 전기 드릴을 써야 해요. 보통 목공용으로 쓰는 충전식 전동 드릴로는 어림없거든요. 드릴에 표고 접종용 비트를 끼워 대략 10cm 간격으로 구멍을 뚫은 후 종균을 넣어줍니다. 남편과 둘이서 하루 종일 쉬지 않고 일하니 해 지기 전에 겨우 끝낼 수 있었어요.

그늘진 자리에 우물 정井자 모양으로 표고목을 눕혀 쌓았습니다. 이제부터 표고버섯 종균들은 참나무 속에서 1년간 깊은 잠을 잘 거예요. 가을에 표고목을 일으켜 세우고, 이듬해 봄에 해머나 망치로 두들기며 뒤집어 세우면, 종균들은 깊은 잠에서 화들짝 깨어 예쁜 표고버섯으로 피어나겠지요.

새 표고목은 깊은 잠에 들었지만, 작년에 접종한 표고목은 이제 잠에서 깨어날 때가 되었습니다. 때마침 봄비가 내려 표고목들이 흠씬 물을 머금었네요. 해머로 표고목을 쿵쿵 두들긴 후 위아래를 뒤집어줍니다. 부엽토에 묻혀 있던 바닥면을 위로 뒤집으니 표고 종균이 하얗게 잘 퍼진 게 보여요. 바로 그때, 표고목 표면에서 뭔가를 발견한 남편이 소리칩니다. "나왔다!"

봄기운을 느낀 어린 표고버섯이 스티로폼 뚜껑을 머리로 밀어 올리며 도도록하니 솟아나고 있군요! 자세히 살펴보니 한둘이 아니에요. 여기서 들썩! 저기서 들썩! 작은 뚜껑들이 수없이 열리고 있습니다.

건조한 날이 너무 오래 이어지면 갓 나온 어린 버섯이 피지도 못하고 말라죽어요. 관수 시설을 갖춘 비닐하우스에서 대규모로 버섯을 재배하는 버섯 농장들과는 달리, 우리는 노지露地에서 숲 그늘에 기대어 소규모로 키우는지라 계절과 날씨의 영향을 고스란히 받을 수밖에요. 그럴 땐 아쉬운 대로 지하수 호스를 끌어당겨서라도 물을 뿌려줘야 합니다.

햇살 밝은 날, 나무숲 표고목에 물을 뿌리다보면 숲 안에 화사한 무지개가 떠요. 물방울과 햇살이 함께 만들어내는 고운 포물선이에요. 무지개가 보고 싶으면 햇살이 반짝이는 날을 골라 물뿌리개를 들면 됩니다. 소행성의 어린왕자가 의자를 당겨 노을을 몇 번이고 몇 번이고 바라보듯이, 나 역시 물뿌리개로 만든 무지개랑 몇 번이고 몇 번이고 놀 수 있어요. 이 단순한 유희는 나를 마음 안에 숨어 살던 빛나는 어린아이로 순식간에 되돌려놓곤 합니다.

새 표고목에서 돋아난 첫 표고는 실하고 두툼하면서 기가 막

참나무의 기운으로 실하게 자란 표고버섯이에요.
해가 거듭되면 표고목도 쇠락하고 버섯도 손톱만큼 작아지다가 결국 사라집니다.

히게 맛있어요. 단단한 표고목의 왕성한 기운을 받아 솟구치는 청년기 버섯이지요. 숲 그늘에 기대놓은 표고목에서 막 딴 실한 생표고를 씹으면 질감도 향기도 너무나 그윽해서 신선의 음식이 아닐까 싶어집니다.

하지만 세월이 흐르면 표고목도 늙지요. 3~4년 후 잠나무의 진기를 버섯에게 다 내주고 나면 그 단단하고 무겁던 몸이 바스러질 듯 가벼워집니다. 해가 거듭될수록 표고목의 기운은 쇠락해가고 거기 붙어 연명하는 노년기 버섯도 점점 작아져서 종국엔 십 원짜리 동전 크기의 볼품없는 버섯만 몇 개 남아요. 그리고 소멸합니다. 모든 살아 있는 것들이 다 그렇듯이.

죽음을 받아들인다는 것은 자유를 깊이 의식하면서 사는 것이다. 인생에서 참으로 중요하지 않은 것(명성, 물질적 소유, 우리의 육신)에 대한 집착으로부터의 자유, 현재를 충실하게 사는 자유를 가져다준다. (……) 현재에 살면, 적어도 처음에는 과거와 미래를 잊고, 마음속에서 소용돌이치는 기억과 기대감의 회오리바람을 멈추고, 명상하거나 빵을 굽거나 숲속을 거닐거나 아이들과 함께 놀면서 행복하고 평온한 시간을 보낼 수 있다.

— 필립 시먼스, 『소멸의 아름다움』에서

두릅
한 바구니

아랫집과 우리 집 사이 빈터에 두릅나무가 무성해요. 먹음직스럽게 새순이 돋아도 주인이 있을 것 같아 손대지 않았는데, 어느 봄날 마대자루를 들고 배낭을 멘 사람 두엇이 와서 두릅을 따기 시작했습니다. 땅주인인가 했는데 조금 있으려니 아랫집 어르신이 그걸 보고 뛰어나와 뭐라고 야단을 치십니다. 그 사람들은 슬며시 산으로 올라가 버리고요.

알고 보니 이 동네 사람이 아니라 이맘때쯤 도시에서 들어와 산을 훑고 다니며 두릅과 엄나무 순, 각종 산나물들을 채취해 가는 사람들이래요. 그 사람들이 한번 지나가면 남는 게 없다며 어르신이 분을 내십니다. 아닌 게 아니라 집 뒷산에 지천인 엄나무의 새순들이 어른 엄지손가락 크기만큼 채 자라기도 전에 다 없어졌더군요. 동네 사람들은 순이 더 자라길 기다리는데, 외부에서 들어온 채취자들은 지나치게 어린순까지 다 따 버립니다.

어르신이 장대 끝에 낫을 묶어 가시 줄기를 끌어당겨 두릅 새순을 끊으십니다. 옆에서 도왔더니 고맙게도 한 바구니 나눠 주시네요. 두릅 따느라 어르신 엄지 끝에 잔가시가 박혔는데 눈이 어두워 영 빼질 못 하시겠다기에 바늘로 헤적여 뽑아드렸습니다.

두릅을 얻어서 집으로 올라오는데, 뒷산에서 꼬부랑 할머니 한 분이 내려오세요. 동네 초입에 사시는 벙어리 할머니예요. 허물어져가는 구옥에 혼자 사시는데, 마을 사람들과 전혀 어울리지 않고 외딴섬처럼 지내십니다. 한 번도 웃는 모습을 못 봤고, 사람이나 차를 향해 소리 지르시는 건 몇 번 봤지요.

"안녕하세요, 할머니."

인사를 드리니 뚫어져라 노려보시는데 무척 경계하는 눈치예요. 구부러진 작은 등허리에 짊어진 커다란 천가방이 제법 묵직해 보입니다. 종일 산나물을 뜯으셨나 봐요. 할머니가 내 손의 두릅 바구니를 흘깃 보십니다. "할머니, 두릅 좀 드릴까요?" 했더니 무슨 말인지 못 알아들으시는 눈치예요.

"할머니, 이거 두릅." 웃으며 바구니를 내려놓고 두릅을 두 손으로 움켜 할머니께 내미니, 한참 동안 내 표정을 살피다가 천가방의 입구를 벌리십니다. "어거거……." 표정이 한결 풀린 할머니가 무슨 말인가 하세요. "으어어 어거거……." 그래서 바구니 안을 보여드리며 "네, 할머니, 제 것도 많아요. 보세요." 했지요.

마을길을 내려가시던 할머니가 두어 번 뒤돌아보셨습니다.

산나물
욕심

뒷산에 한들한들 올라갈 때만 해도 마음 비어 있는 듯했어요. 새 순 오른 참취를 몇 가닥 끊어 올 때만 해도 염치는 갖추었지요. 몇 가닥 안 되는 취를 잔고사리랑 섞어 감칠나게 무쳐 먹고 나니 입맛만 쩝쩝, 조금 더 먹고픈 마음이 굴뚝같았습니다.

아랫집 아줌마랑 뒷산에 올라가 잔고사리를 끊는데, 용케 참 취 한 포기 발견하신 아줌마가 지기 밭에 심이야겠다며 주저 없 이 캐내시는 겁니다. 그 순간, 작년 가을 뒷산을 오르다가 봤던 참취 꽃이 생각났어요. 그 자리가 어디쯤이었는지 찾을 수 있을 것 같더군요.

며칠 뒤 혼자 뒷산에 올랐습니다. 참취가 있던 자리로 가보니 가시덤불이 그득해요. 덤불을 헤치고 들여다보니 어린 취가 대 여섯 포기 보였습니다. 덤불에 덮여 있어서 아무도 못 찾아낸 취 를 모종삽으로 낑낑대며 파냈어요. 다섯 포기쯤 파내다가 양심 에 좀 찔려서 한 포기는 남겨두었지요. 훔치는 듯한 불안감과 내 소유가 되었다는 이상한 포만감을 느끼면서요.

그걸 가져와서 누가 볼세라 살금살금 밭에 심고 물을 주는데, 어쩐지 찾을 때만큼 기쁘지 않아요. 산길에서 만난 참취 이파리 몇 개 반가이 뜯어올 땐 기쁘고 감사했는데, 그걸 뿌리째 파 들고 와서 심는 마음은 왜 이리 불편한 걸까요. 그저 주는데, 사람의 바르고 그름, 맑고 흐림을 가리지 않고 그저 내어 주는데, 그걸 감사히 얻어먹지 않고 자꾸 내 것, 내 소유로 삼으려 하는 탐욕을, 손에 쥐고 있어야 안심이 되는 이 불안을 내가 지켜보고 있는 거지요. 다른 누가 아닌 나 자신이 환히 들여다보고 있는 겁니다.

집 옆으로 이어진 산비탈은 길도 없어요. 처음으로 그 산에 들어갔습니다. 빽빽한 참나무와 리기다소나무 그늘 사이로 가파른 비탈을 오르며 잔고사리도 끊고 엄나무 순도 끊고, 발아래 밭을 이룬 듯 퍼져 있는 둥굴레도 들여다보았지요.

바스락바스락 마른 낙엽 밟으며 고사리 끊으며 어둑한 산비탈을 계속 올라가는데, 갑자기 시야가 툭 터지며 환한 햇살이 눈부십니다. 양지 바른 잔디 위에 둥근 봉분 세 기……. 별안간 딴 세상에 온 듯했어요. 무덤 앞 빈터에는 각시붓꽃·제비꽃 피어 있고, 무덤 주위의 숲속엔 아직 사람 손을 타지 않은 참취가 그득했어요. 한 걸음 내디딜 때마다 서너 포기씩 향기롭게 돋아나 있었지요. 어쩐지 반갑고, 고맙고, 미안하고, 부끄러웠어요.

어린 고갱이는 그대로 두고 큰 이파리만 조심조심 뜯었습니다. '내년 봄에 또 얻어먹을게요.' 속말을 하면서요. 한두 끼 반찬으로 충분할 만큼 비닐봉지 속이 푸짐하였습니다. 그러곤 무덤가에 오래도록 주저앉아 있었어요. 오후 세 시, 배고픔도 잊은 채. 평화로운 듯도 하고 슬픈 듯도 하였지요. 꿩이 내 존재도 모르고 풀잎을 쪼며 가까이 걸어왔어요. 작은 새 한 마리가 코앞을 스쳐 날아가더군요. 손가락 하나 움직이지 않고 고요히 앉아 내 숨결에 얹히는 미세한 바람의 향기, 흙과 마른풀 냄새를 오래 들이마셨습니다. 모든 새소리가 낱낱이 다 들렸어요.

　이런 날엔 입을 열지 않고 시 한 편 읽습니다.

　　하루 종일 아무 말도 안 했다
　　산도 똑같이 아무 말을 안 했다
　　말없이 산 옆에 있는 게 싫지 않았다
　　산도 내가 있는 걸 싫어하지 않았다
　　하늘은 하루 종일 티 없이 맑았다
　　가끔 구름이 떠오고 새 날아왔지만
　　잠시 머물다 곧 지나가버렸다
　　내게 온 꽃잎과 바람도 잠시 머물다 갔다
　　골짜기 물에 호미를 씻는 동안
　　손에 묻은 흙은 저절로 씻겨 내려갔다

앞산 뒷산에 큰 도움은 못 되었지만

하늘 아래 허물없이 하루가 갔다

                                        – 도종환, 〈산경〉 전문

봄

세상 꽃이 한 가지만 피던가요

푸른 밥상 차리며 다름의 미덕을 기억하다

토종 민들레,
서양 민들레

밭에 나가면 반찬거리들이 말 그대로 밭에 채입니다. 하지만 밭
에 지폐를 뿌린다 한들 풀들은 태생이 당당하여 결코 내 식탁에
오르지 않지요. 돈 대신 손과 허리와 고관절의 뻐근함, 그리고
반나절의 시간을 바쳐서 공손히 얻습니다. 풀을 캐는 동안 코끝
으로 스며드는 촉촉한 봄 흙의 향기, 주위에서 들려오는 다양한
새들의 지저귐은 덤이고요. 돈으로 살 수 없는 것들이 세상엔 아
직 많아요.

　몇 해 전 시골 어머니 밭에서 토종 흰민들레를 발견하고 반가
운 마음에 씨를 받아 왔어요. 주변에 퍼뜨렸더니 지금은 꽤 많이

번졌습니다. 서양 민들레가 워낙 강성하여 세를 떨치니 토종 민들레는 시나브로 설 자리를 잃어갑니다. 서양 민들레는 수분 과정을 통해 순혈의 토종 민들레를 차근차근 잡종화시키지요. 『풀들의 전략』이란 책을 보면 서양 민들레가 재래종 민들레의 혈통을 잠식하는 과정이 자세히 나옵니다. 민들레뿐 아니라 주변에서 흔히 볼 수 있는 여러 들풀들의 기발하고 다채로운 생존 전략이 '동물의 왕국' 못잖게 치열하고 역동적으로 펼쳐져요. 새로운 사실을 알게 될 때마다 "아하!" 끄덕이며 경탄합니다.

재래 민들레는 봄밖에 꽃을 피울 수 없지만 서양 민들레는 일 년 내내 언제라도 꽃을 피울 수 있다. (……) 재래 민들레는 꽃도 작고 씨앗의 수도 적은 데 견주어 서양 민들레는 꽃이 크고 생산되는 씨앗의 수도 많다. (……) 거기다 서양 민들레는 보통 씨앗이 아니라 클론clone 유전자에 의해 씨앗을 만드는 능력을 갖고 있다. 클론으로 늘어난다고 하는 것은 가루받이 상대가 없이도, 예컨대 민들레가 한 그루만 있어도 자꾸 늘어날 수 있다는 뜻이다.

– 이나가키 히데히로, 『풀들의 전략』에서

토종 민들레를 잘 번식시켜 보려고, 눈에 띄는 대로 서양 민들레를 캐서 민들레 효소를 담갔어요. 쓴맛을 좋아하는 남편을 위해 종종 민들레 된장국을 끓이거나, 데쳐서 민들레 나물로도 해 먹고요. 그렇다고 쉽게 없어질 서양 민들레는 결코 아니지만요. 토종 흰민들레로는 차를 만들었습니다. 밭 둘레에 난 긴 퍼지도록 놔두고 밭이랑에 난 것들만 캐서 깨끗이 씻고 다듬었지요. 무쇠 팬에 덖었더니 우엉차나 둥굴레차처럼 차 맛이 아주 구수하고 좋네요.

토종이든 외래종이든 민들레는 다 맛있게 먹을 수 있고 약성도 좋아요. 먹거리로 채취할 때는 서양 민들레냐 토종 민들레냐 하는 구분보다 어디서 자랐느냐가 중요하겠지요. 자동차들이 먼지를 일으키는 길가, 농약이나 제초제를 많이 친 밭둑 같은 곳에서 채취한 민들레라면 아무리 토종이라 한들 몸에 좋을 것 같지 않네요.

골라먹는 재미,
들풀 김치

이즈음 지천으로 무성하게 돋는 풀들 대부분은 먹을 수 있는 약초입니다. 김치를 배추와 무로만 담근다는 법이 있나요? 물기

많고 아삭한 재배 작물들에 우리 입맛이 길들여져서 그렇지, 진한 향기와 고유한 맛, 강인한 약성으로 따지면 야생초는 단연 뛰어난 먹거리지요. 흔하디흔한 들풀이지만 한데 그러모아 김치를 담그면 어디에서도 흔히 볼 수 없는 귀한 야생초 김치가 됩니다. 뜰에 절로 돋아난 야생초의 종류는 다양하지만, 종류별로 캐고 다듬는 수고도 보통이 아닌지라 이번엔 네 종류만 캐서 김치를 담갔습니다.

왕고들빼기, 씀바귀, 질경이, 민들레를 큰 바구니로 한가득 캤어요. 뿌리 흙을 몇 차례 씻고 헹구어 소금물에 절였습니다. 그냥 겉절이처럼 담가도 되지만, 소금물에 절이면 뿌리 틈새의 흙을 씻어내기도 쉽고 저장성도 좋아요. 수백 개의 뿌리와 이파리 틈새까지 꼼꼼히 다듬고 씻는 데만도 꼬박 3시간이 걸렸네요. 재료는 지천에 널려 있지만, 노동 시간과 꼼꼼한 정성은 배추김치 담글 때보다 몇 배 더 들어갑니다.

찬물에 반나절쯤 담갔다가 채반에 받쳐 물기를 뺀 후 미리 쑤어둔 찹쌀 풀을 식혀 만든 양념에 김치를 버무립니다. 매실 효소와 새우젓을 썼지요. 캘 때는 제법 많았는데, 절여서 담그니 폭삭 줄었습니다. 식탁에 올린 야생초 김치에 식구들의 젓가락질이 바빠지는 걸 보니 애써 장만한 보람이 있어요.

전반적으로 보면 쓴 풀이 많아 고들빼기김치 비슷한 맛이지만, 젓가락에 들려 올라오는 풀들이 제각기 달라서 골라먹으며 맛을 음미하는 재미가 있습니다. 씀바귀와 왕고들빼기와 민들레는 쌉쌀한 데 비해 질경이는 은근히 향기롭더군요. 이 풀들 외에도 명아주나 둥굴레, 달래며 비름 등등 주변에 있는 여러 가지 풀 혹은 나무의 새순도 섞어서 담글 수 있어요. 야생초 김치 혹은 산야초 김치라고도 하는데, 나는 그냥 '들풀 김치'라고 불러요. 5월 무렵 안 담그고 그냥 지나치기엔 서운한 김치입니다.

날마다
참 푸른 밥상

농약과 제초제, 화학 비료를 일절 쓰지 않은 우리 뜰과 밭에는 취나물, 파드득나물, 섬초롱, 원추리, 머위, 개망초, 돌나물, 쑥, 민들레, 고들빼기 들이 지천입니다. 다 뜯어 먹으려고 욕심 부리면 한도 끝도 없어요. 한두 끼 먹을 양만 적당히 뜯습니다. 그래야 '놀이'지요.

사람이 작물을 가꾼다고 빈틈없이 제초제를 치고 관리기로 갈아엎은 밭은 이 봄날의 초록이 말끔히 제거되어 있어요. 그러나 일시적이지요. 오래지 않아 땅은 다시 풀로 뒤덮입니다. 풀들은 땅속에 잔류하는 제초제 독성을 빨아들여 제 몸의 내성으로 바꾸고 말아요. 하물며 그런 땅에서 농약과 화학 비료까지 듬뿍 받아먹고 자라는 재배 작물은 어떨까요. 농약과 제초제가 야생의 풀과 벌레만 죽이고 사람이 가꾼 작물에는 아무 해도 끼치지 않는다는 농약 판매상의 주장은 억지스럽기 이를 데 없습니다.

등허리에 따스한 햇살 받으며 나물을 캐기 시작합니다. 달래부터 캤어요. 깊이 박힌 달래 알뿌리를 조심조심 캐노라면 탱글탱글한 진주알을 끌어올리는 기분이에요. 달래 캘 때 떨어진 자잘한 알뿌리들은 다시 흙속에 묻어 둡니다. 내년 봄을 위한 저축이지요. 밑동이 쪽파처럼 굵어진 왕달래도 캐지 않았어요. 꽃대 올려서 주아를 많이 남기라고요.

수돗가에서 여러 차례 헹궈낸 정갈한 알뿌리에 간장·참깨·참기름 섞어 달래장을 만들었습니다. 달래장에 뜨거운 밥을 비벼 먹으며, 자연이 이루어놓은 잔칫상 한쪽에 슬쩍 앉아 잘 얻어먹고 있구나, 생각합니다. 마트에서 돈 내고 사 먹을 때는 내 안에 이런 겸손한 마음이 들어설 자리가 없었어요. 내 돈 냈으니 당연히 내 것, 그 단절되고 토막 난 인식 위에선 햇살과 바람과 물과 흙과 작은 존재들이 빚어내는 경이로운 생명의 선순환이 잘 상상되지 않았지요. 내 목숨이란 것이 사실은 수많은 남의 목숨에 의존하고 있다는 명백한 사실도요.

우리는 우리의 생존을 위해 엄청나게 많은 죽음이 도모
되고 있다는 것을 안다. 동물들, 우리 텃밭의 식물들, 우
리가 콩밭에서 잡거나 밟아 죽인 딱정벌레들, 감자 밭에
서 제거한 잡초들. (……) 우리는 우리의 음식이 어디에
서 오는지를 조금이라도 알고 있다. 당연히 유아기 이후
로 우리 입에 들어간 모든 먹을거리가 한때는 살아 있었
음도 안다. 인류라는 동물은 다른 생물을 먹어야만 살아
갈 수 있다는 것이 생물학의 노골적인 진실이다.
– 바버라 킹솔버 · 스티븐 L. 호프 · 카밀 킹솔버,
『자연과 함께한 1년』에서

수돗가에 몇 포기 심었던 돌나물이 해가 갈수록 다닥다닥 번
지고 있어요. 한 줌 끊어다가 초고추장에 새콤달콤 무쳐 먹습니
다. 봄밭에 그득한 머위는 어린잎을 뜨거운 김에 쪄내 쌈으로 먹
고, 간장 소스에 장아찌도 담가요. 밭 둘레에 저절로 난 산부추
는 끊어다가 겉절이를 하거나 도토리묵과 함께 양념간장을 끼얹
어 먹기도 합니다. 원추리는 퍼져나가는 기세가 무서워요. 몇 번
잘라다가 고추장에 효소 섞고 마늘 다져 넣어 무쳐 먹었어요. 뽀
드득거리는 식감도 좋고, 맛과 향도 좋습니다.
이밖에도 취나물, 파드득나물 무침, 개망초 나물, 쑥 튀김, 민

들레 된장국, 심심하면 이것저것 뒤섞어 풀 비빔밥까지 봄에는 풀로 해 먹을 수 있는 건 조금씩 다 맛봅니다. 봄날 우리 집 밥상은 날마다 참 푸른 밥상이에요. 속 편하고 가벼워요.

"우리 참 잘 먹고 산다."

"그렇지?"

밥상머리에서 이런 말 주고받으면서요.

나도 당신도
꽃이다

낮은 시선으로 주변을 천천히 둘러보니 예전에는 보지 못했던, 보이지도 않았고 알지도 못했고 관심조차 없었던 풀과 꽃들이 낱낱이 보였습니다. 남의 시선을 의식하지 않고, 각자 다 다른 모습으로, 각자 다 다른 성질을 가진 채, 자만심이나 열등감으로 자신을 들볶지 않고도 얼마든지 예쁘게 잘 살아가고 있었어요. 문득 윤구병 선생의 『꼭 같은 것보다 다 다른 것이 더 좋아』라는 책 제목이 생각나더군요. 다 다른 것이 당연하고, 다 달라서 아름답고, 다 달라서 다채롭고 살맛나는 세상인데, 이상하게도 사람만이 그것을 잊고 사는 것 같아요.

똑같이 한 줄로 세우고, 똑같이 일등을 갈망하고, 똑같은 시험지로 전국의 아이들이 일시에 시험을 보고, 별 의미도 없는 숫자 따위로 아이들의 값어치를 매기고 그 미래를 함부로 예단해요. 똑같이 1퍼센트를 지향하고, 똑같은 성공 신화를 갈망하고, '성공'이라는 환상을 향한 의심 없는 질주로 피 마르게 경쟁하며 불안해합니다. 사람만이 참으로 이상하게도요.

남과 자신을 비교하며 사는 일만큼 피로하고 헛된 일이 있을까요. 남의 자식과 비교하여 내 자식을 다그치는 일만큼 불행하고 어리석은 일이 있을까요.

인간의 삶을 불행하게 하는 가장 강력한 요소를 한 가지만 말해보라고 한다면, 저는 주저 없이 '비교'를 첫 손가락에 꼽겠습니다. '무엇에 비해서'라는 수사가 동원되는 순간, 삶의 리듬은 헝클어지고 내 목표는 초라해지거나 허황돼 보이기 시작합니다. (……) 남을 인정하는 일도 중요하지만, 그보다 더 중요한 건 진심으로 자기를 인정 혹은 사랑하는 일입니다. '나'를 아름답다고 마음 깊이 긍정할 수 있는 사람이어야 '너'를 긍정하는 일에도 예민할 수 있습니다.

– 정혜신, 『마음 미술관』에서

봄

민들레도 냉이도 쑥도 개망초도 각자의 삶을 자기답게 살아가요. 키 작은 민들레가 키 큰 접시꽃을 부러워하지 않듯, 누구도 대신할 수 없는 자신의 고유성에 집중할 때 삶은 꽃처럼 피어납니다. 다른 꽃과 비교해 초라한 꽃이란 세상 어디에도 없어요. 풀들처럼 꽃들처럼, 나도 주어진 한 목숨 제몫을 다해 살 뿐이에요.

세상 꽃이 한 가지만 피던가요? 나도 당신도 꽃입니다.

둥지는 떠나기 위해 있는 것

끊임없이 생멸변화하는 세계

낯선 새들과
주파수를 맞추다

"엄마! 까투리야!! 카메라, 카메라!"

　아이가 다급히 소리를 질러대기에 부랴부랴 카메라를 집어 들었어요. 뒷산 앞산에 꿩은 많고 많지만, 집 뜰 안으로 성큼 들어선 까투리는 처음이에요. 달아날까 봐 창문은 못 열고 유리창에 카메라를 바짝 들이대 셔터를 눌렀습니다. 가까이서 보니 까투리도 참 예쁘네요. 장끼의 화려함에만 눈길을 빼앗겨 까투리의 미모를 미처 몰라봤지 뭐예요.

　장끼는 뒷산 풀숲에서 자주 마주쳐요. 산책길 옆 수풀 속에서 갑자기 "꾸엥!!" 벽력같이 소리를 지르며 푸드덕! 날아오릅니다.

저나 나나 화들짝 놀라 뒤로 자빠질 만큼 느닷없는 마주침이죠. 꿩 이름이 '꿩'이 된 건 장끼가 내지르는 짧고 강한 소리 때문이구나 싶더군요.

장끼는 목청도 큰데디가 몸 빛깔도 화려해서 눈에 잘 띄지만, 수수하고 조용한 까투리는 쉽게 보기 어려워요. 아이가 까투리에 환호했던 데는 다 그만한 이유가 있는 거지요. 어쩌다 운이 좋으면, 번식기가 끝나가는 6~7월 무렵 어미 까투리가 귀여운 꺼병이들을 줄줄이 이끌고 산길을 걸어가는 모습을 볼 수도 있어요.

우리 조상들에게 꿩은 유달리 각별한 동물이었나 봅니다. 참새, 박새, 제비, 꾀꼬리, 뻐꾸기 같은 새들은 암컷, 수컷, 새끼 가리지 않고 한 이름으로 부르는데, 꿩은 꿩이라는 통칭 외에도 장끼수꿩, 까투리암꿩, 꺼병이꿩의 병아리로 구분해 불러온 걸 보면 말예요. 더구나 〈장끼전〉이나 〈까투리 타령〉처럼 판소리와 민요에도 꿩이 등장하잖아요. "꿩 대신 닭"이라거나 "꿩 먹고 알 먹고"라는 표현은 지금도 일상적으로 쓰이고요.

꿩 말고도 집 주변에는 온갖 새들의 소리가 넘쳐납니다. 이른 아침엔 아름다운 휘파람새의 노래가 잠을 깨우고, 밭일 하는 낮 시간엔 "구구~ 구구~!" 중저음으로 울리는 뒷산 멧비둘기 소리가 건너와요. "따그르르르르—!" 오색딱따구리가 해머 드릴 같은 부리로 단단한 나무에 구멍을 뚫는 소리, 맛난 열매를 보고 기뻐하는 직박구리의 "끼이이익—" 새된 소리, 풀밭을 경중경중 뛰어다니며 "까악- 까악-" 떠들어대는 까치 소리, 하늘 높이 맴돌며 "가아아아악—" 스산하게 목청을 뽑는 까마귀 소리, 해 저물 무렵 "소쩍소쩍" 구슬피 우는 소쩍새 소리, 그리고 어둑한 저녁 숲에서 울리는 "붜엉- 붜헝!" 부엉이 소리까지, 다양한 새소리가 깊은 밤까지 이어지지요.

5~6월에 가장 많이 듣는 새소리는 뻐꾸기 소리예요. "뻐꾹 뻐꾹 뻐뻐꾹 뻐꾹!" 뻐꾸기 울음소리를 들으면 사람들이 왜 이 새의 이름을 '뻐꾸기'라고 했는지 이해가 되지요. 늦봄 뻐꾸기 울음소리는, 오목눈이 둥지에 몰래 알을 낳아 놓고 염치 좋게 주변을 맴돌며 자기 새끼한테 뻐꾸기의 정체성을 일깨우는 부모 뻐꾸기의 이기적 외침이라지요. 뻐꾸기야 잠시 왔다 곧 떠날 여름 철새이고, 텃새인 오목눈이는 늦여름까지 몇 차례 더 알을 깔 수 있다지만, 커다란 뻐꾸기 새끼에 의해 둥지에서 밀려나 떨어져 죽는 아기 오목눈이들에게는 그런 사실이 위로가 될 것 같진 않네요. 자기 새끼 죽은 줄도 모르고 침입자의 새끼를 애지중지 돌보며 헌신하는 오목눈이 어미한테도요. 개체의 눈으로 보면 자연은 때로 무자비하고 냉엄합니다.

뻐꾸기 종류는 생김새가 비슷해서 겉모습으로 구별하긴 힘들지만 우는 소리는 조금씩 달라요. 특히 검은등뻐꾸기는 한번 들으면 잊히지 않을 만큼 독특한 4음절로 "호호호호!" 우는데, 높낮이를 음계로 표시한다면 '라솔솔미' 정도 되겠네요. 어떤 이들은 검은등뻐꾸기가 "홀딱벗고"라고 운다며 아예 '홀딱새'라 이름을 바꿔 부르기도 해요. 같은 새소리도 저마다 듣고 싶은 대로 들으니, 들리는 소리가 바로 듣는 이의 마음이겠죠? 수백 번 들어도 내 귀엔 명랑한 웃음소리 "호호호호!"로만 들리던데 말이죠.

처음 시골에 살러 왔을 땐 마주치는 새들의 이름을 불러줄 수 없었고 새소리를 들어도 어떤 새의 노래인지 알 수 없었어요. 그때부터 귀 기울이기 시작했습니다. 청량한 고음, 묵직한 저음, 날카로운 갈라짐, 둔중한 울림, 유쾌한 가락, 단조로운 리듬……. 그러자 들리기 시작했어요. 휘파람새, 곤줄박이, 직박구리, 멧비둘기가 짝을 찾고 먹이를 구하고 동료를 부르는 그 소리들이요. 낯선 세계에서 이제껏 몰랐던 존재들과 처음으로 주파수를 맞추는 느낌이었어요.

새들을 발견하고 관찰하고 그 이름을 불러주게 되기까지는 『주머니 속 새 도감』(강창완, 김은미)이 유용했어요. 그토록 궁금했던 새소리를 구분해 들을 수 있기까지는 『우리 새소리 백 가지』(이우신 저, 유회상 녹음)에 담긴 CD의 도움을 많이 받았고요.

칼슘의
윤회

닭장 근처 이팝나무 가지에 암수 딱새가 앉아서 한참을 주거니 받거니 지저귑니다. 둥지 틀 의논이 분분한 것 같아요. 소나무 그늘을 기웃거리다가 현관 앞 데크 아래로 슬쩍슬쩍 드나드는 모양이 새끼 키울 자리를 물색 중인 게 분명했지요.

한참 동안 집 주위를 오락가락하던 딱새 부부가 드디어 검불 조각을 물고 데크 밑으로 쓰윽 날아들었습니다. 데크 아래 후미진 구석에 둥지를 틀기로 했나 봐요. 땅과 너무 가까워 뱀도 무섭고, 더구나 사람 발길이 잦은 곳이라 썩 좋은 위치 같진 않은데……. 걱정스러웠지만 지켜볼 수밖에요.

딱새 부부가 집 지을 온갖 재료를 물고 부지런히 데크 밑을 들락거린 지 두어 주쯤 지났을까요. 한동안 조용하던 데크 아래서 어느 날 "삐삐삐ㅡ" 가냘픈 울음소리가 들려왔습니다. 아, 아기새들이 깨어났구나!

어미 딱새는 벌레를 물고 와서 근처 바위 위에 잠시 멈춰 선

벌레를 물고 온 어미 딱새가 둥지로 들어가기 전에
잠시 바위 위에 멈춰 서서 주위를 둘러보고 있습니다.

채 한동안 주위를 둘러본 후, 데크 아래로 미끄러지듯 날아 들어갑니다. 그러면 곧 "삐삐삐삐ー" 가냘프면서도 혼신을 다하는 아기새들의 울음소리가 합창처럼 쏟아져 나와요. 딱새 부부는 쉴 새 없이 벌레를 물어 나릅니다. 과연 제 목구멍에 애벌레 한 마리 밀어 넣을 짬이나 있을까 싶을 만큼 새끼들 먹이는 데 여념이 없더군요. 어미 아비의 날갯죽지에 붙이 날수록 아기들의 목청은 나날이 힘차고 커졌습니다.

한 목숨 키워내기 위해 얼마나 많은 목숨이 필요할까요. 수많은 벌레와 곤충의 으깨진 몸들이 민둥머리 아기새의 몸뚱이로 옮겨가 촘촘한 깃털로 돋고 팽팽한 날갯죽지 힘으로 솟아납니다. 어디 아기새뿐인가요. 아득한 한 점, 불확실한 혼돈에서 출발한 생식 세포가 사람의 꼴을 갖추고 태어나 이만큼 자라고 수십 년을 생존해오기까지, 내 속으로 들어와 나로 변한 목숨들은 얼마나 숱한가요. 후일 이 목숨 지면 이것은 누구에게 흡수되어 기나긴 윤회의 여정을 떠날까요. 소멸과 생성으로 이어진 끝없는 파도 위에서 찰나를 춤추며 살아갑니다. 지상의 어떤 것도 이 거대한 생명의 사슬을 벗어나 있지 않아요.

알을 밴 암새는 달팽이를 찾아 숲을 샅샅이 뒤진다. 녀석

은 달팽이 등에 얹힌 탄산칼슘 껍데기에 환장한다. 그도
그럴 것이, 칼슘을 대량으로 섭취하지 않으면 석회질 알
껍데기를 만들 수 없기 때문이다. (……) 알 속에서는 아
기새가 자라면서 조금씩 자기 집의 벽을 긁어내어 껍데
기에서 칼슘을 뽑아내서는 뼈로 만든다. 이 뼈는 남아메
리카로 날아가 열대우림의 흙에 묻힐지도 모른다. 가을
폭풍에 철새가 죽으면 칼슘은 바다로 돌아갈 것이다. 어
쩌면 이듬해 봄에 이 숲으로 다시 돌아올지도 모르겠다.
그 새가 알을 낳으면 칼슘은 다시 한번 알껍데기에 쓰일
것이고 나머지는 달팽이가 먹어치울 것이다. 그렇게 만
다라로 돌아오는 것이다.

— 데이비드 조지 해스컬, 『숲에서 우주를 보다』에서

  해스컬이 말하는 '칼슘의 윤회'를 반복해 읽습니다. 달팽이에
서 아기새로, 흙으로, 바다로, 물고기로, 철새의 뼈로……, 칼슘
은 어디라도 가지요. 흩어지고 결합하고 다시 흩어지기를 무수
히 반복하면서.

  무상無常. 일체 만물에 고정된 상이 없다는 것을 깨닫는 순간
생의 허무를 받아들일 수 있습니다. 내 살을 먹고 내 피를 마시
라고 했던 예수의 말씀, 일체 만물이 끊임없이 생멸변화生滅變化

하여 한순간도 동일한 상태에 머무르지 않는다는 불교의 가르침, 그리고 고립된 계의 에너지는 새로이 생겨나지도 사라지지도 않는다는 과학적 명제가 한 줄기로 꿰어지는 순간, 전율이 일어요.

> 무상이라는 말은 단순히 덧없고 허무하다는 뜻이 아니다. 모든 존재는 생겨나고 없어지고 변화하면서 잠시도 같은 상태로 머물지 않음을 가리킨다. 그러므로 무상이라는 말의 본뜻은 변한다는 것이다.
>
> – 법정, 『인연 이야기』에서

딱새 부부가 육아에 전심전력을 다하는 동안, 우리 식구들은 데크 위를 걸을 땐 고양이처럼 살금살금, 현관문을 여닫을 때도 조심조심, 행여 아기새들이 놀랄까 봐 큰 소리도 내지 못했어요. 비 오는 날엔 빗물이 스며들어 둥지를 적실까 봐 둥지 위치에 양동이로 우산을 씌워주고서야 안심이 되었습니다. 내 집의 일부를 그들 삶터로 내주고는 셋방 지붕에 빗물 새는 걸 모르는 체하는 건 집주인의 도리가 아니지요.

데크 아래 숨겨진 새 둥지를 보호하느라 온 가족이 조신하게 지내던 어느 날, 아기새들의 소리가 어느 결엔가 딱 끊겼습니다.

딱새 부부의 드나듦도 문득 사라졌고요. 드디어 떠났구나! 흐뭇한 마음, 서운한 마음, 개운한 마음이 동시다발로 일어났어요. 녀석들은 올 때와 마찬가지로 갈 때도 인사 한 번 안 하더군요. 아무튼 그날로 우리 식구는 두 달 가까운 근신 생활에서 풀려나 마음껏 데크 위를 뛰어다녔답니다.

둥지는
일시적 거처

편지를 꺼내려고 우체통 문을 여니 웬 검불과 깃털들이 잔뜩 들어 있어요. '이게 다 뭐지?' 하고 쓸어냈는데 다음 날 보니 마른 이끼와 검불이 또 쌓였더군요. 우편배달부께서 보더니 "새가 집을 지었네!" 합니다. 아하, 그랬던 거구나! 그래서 당분간 우체통은 새들에게 빌려주기로 하고 우체통 아래에 바구니를 매달아 우편물을 받기로 했지요.

우편배달부 말씀이, 봄만 되면 이 집 저 집 우체통들이 새들의 둥지로 변한대요. 면사무소 근처에 있는 어떤 착한 집은, 새가 집을 지었으니 우편물을 현관으로 넣어 달라는 메모를 친절하게 붙여 놓았더랍니다. 그것 참 좋은 생각이구나, 나도 그렇게

써 붙일까? 하다가, 우편배달부께서 이미 알고 있는데 뭘, 하고
그냥 내버려두었지요.

그런데 며칠 뒤, 외출했다 돌아와 보니 우체통 속에 신문과
우편물들이 쑤셔 넣어져 있는 거예요! 아이고, 이게 무슨 일이
람! 알고 보니, 늘 오시던 분이 휴가를 받게 되어 대신 다른 직원
이 다녀갔다는 겁니다. 나도 메모지를 붙여둘걸……. 몹시 후회
했지만 이미 엎질러진 물이었지요.

날벼락을 맞은 딱새 부부는 둥지를 버리고 가버렸어요. 둥지
안에는 알이 딱 한 개 있더군요. 둥지 안으로 갑자기 신문 뭉치
가 쑥 들어왔으니 딱새 어미는 얼마나 놀랐을까요. 일주일 넘게
기다렸지만 딱새 부부는 두 번 다시 얼씬하지 않았습니다. 하는
수 없이 우체통 둥지를 비워냈지요. 하늘을 날아볼 기회를 잃어
버린 작은 새알이 참 안쓰러웠어요.

그 일이 있은 지 얼마 후, 이번엔 박새 한 쌍이 우체통에 찾아
들었습니다. 나는 기다렸다는 듯이 우체통 입구에다 큼지막한
메모를 써 붙였어요.

"새가 둥지를 틀었어요. 당분간 우편물은 아래 바구니로!"

박새 부부는 부지런히 검불과 이끼를 물어 나르며 우체통에
둥지를 틀었습니다. 수컷은 주변 나뭇가지를 수시로 맴돌았고

기척을 느낀 아기새들이 어미새가 온 줄 알고 앞다퉈 입을 쩍쩍 벌렸습니다.
첫 본능은 역시 먹는 본능이에요. 전 존재를 다 건 간절함이지요.

암컷은 우체통 안에서 오랫동안 나오지 않았죠. 알은 몇 개나 낳았는지, 새끼들이 깨어나기는 했는지, 궁금했지만 가까이 다가갈 순 없었어요.

어느 날 비바람이 심하게 몰아쳤어요. 봄날의 비바람치곤 태풍처럼 거셌지요. 밤새도록 바람 소리를 들으며 잠을 설쳤습니다. 다음 날 아침, 바람 피해가 없는지 헛간과 비닐집과 밭작물들을 살피면서 대문 앞에 이른 순간, 덜컥 가슴이 내려앉았어요. 우체통 문이 활짝 열려 있는 거예요. 입구에 붙여둔 메모지는 어디로 날아갔는지 보이지 않고요. 아기새들은 무사할까…… 행여 못 볼 꼴이라도 보게 될까 봐 가슴이 떨렸습니다.

머뭇머뭇 다가가서 우체통의 어두침침한 안쪽을 슬쩍 들여다보았어요. 아, 있다! 아직 눈도 못 뜬 아기새들이, 솜털도 안 난 민둥머리들이 옹기종기 모여 있었습니다. 순간 뭔가 기척을 느꼈는지 갑자기 한두 마리가 주둥이를 벌리기 시작했어요. 그러자 연달아 다른 녀석들도 어미가 온 줄 알고 열렬히 목을 뽑으며 노란 주둥이를 쩍쩍 벌립니다. 알에서 갓 깼는지 소리조차 내지 못하면서 맹렬히 입만 벌려요. 들고 있던 카메라로 얼른 두어 컷 찍고 우체통 문을 잽싸게 닫았습니다. 휴…… 어미새한테 안 들켰겠지?

태풍의 밤을 무사히 넘긴 후 한동안 우체통에선 "삐익삐익—" 엄마를 기다리는 아기새들 소리가 요란했어요. 박새 부부는 먹잇감을 물고 부지런히 들락거렸습니다. 둥우리에서 나올 땐 새끼들의 하얀 똥을 부리에 물고서 삼깐 문턱에 앉아 주위를 경계하다 휘릭 날아가고요.

둥지 튼 지 한 달 남짓 지났을까요. 밭의 풀을 뽑다가, 요즘 우체통에서 새소리가 안 나던 게 문득 생각나서 가보았어요. 우체통을 살짝 건드렸는데 조용하니 아무 기척이 없어요. 조심스레 열어보니 텅텅 비었네요. 벌써 날개 힘 생겨 날아갔구나! 나도 모르게 빙긋이 입꼬리가 올라갔어요. 이끼와 마른 풀과 짐승의 털로 이루어진 푹신하고 오목한 둥지를 손끝으로 살살 쓰다듬어 보았습니다. 삑삑거리던 어린 새들의 체온이 느껴질 것만 같았어요.

집이 있어 아이들은 떠날 수 있고 어미새가 있어 어린 새들은 날갯짓을 배운다. 내가 바다를 건너는 수고를 한 번이라도 했다면 그건 아버지가 이미 바다를 건너왔기 때문이다.

– 김연수, 『청춘의 문장들』에서

둥지는 떠나기 위해 있는 것. 그곳이 일시적 거처라는 건 새들이 가장 잘 압니다. 둥지가 아까워서 못 떠나는 새는 없어요. 새들은 머뭇거리거나 뒤돌아보지 않습니다. 아버지의 집을 떠나올 때 나 역시 머뭇거리거나 뒤돌아보지 않았어요.

이젠 내가 떠나보낼 차례군요. 아이를 떠나보낼 뿐 아니라 나 역시 매순간 떠납니다. 나의 안온한 둥지로부터, 나를 화석화하는 관념으로부터, 나를 퇴행시키는 합리화로부터. 둥지는 하나가 아니고 고정되어 있지도 않아요. 현실의 공간뿐 아니라 마음의 구석 자리에도 그것은 숨어 있어요. 한때는 영원히 머무르고픈 애착의 거처였으나 결국 떠남으로써만 의미가 완성되는 그것. 그러므로 제 몫을 다한 후 소멸하는 것은 둥지의 운명입니다. 필멸 위에 생성이지요.

떠날 수 있다는 건 힘이 생겼다는 것, 그러므로 기꺼이 떠나고 기꺼이 보내줄 것. 무엇으로부터 떠나야 할지 아는 자에게 삶은 전혀 다른 시야를 허락할 테니까요.

짧은 순간 빛나기에 아름답다

봄꽃을 보며 '이 한 개의 봄'을 생각하다

매화차
한잔의 운치

매실나무 가지를 전정했습니다. 전정 시기를 놓쳐 꽃망울이 한창 맺히기 시작할 때야 전지가위를 들이댔으니, 꽃 가지째 툭 떨어진 올망졸망 어린 꽃망울들이 안쓰러워요. 집 안으로 가지고 들어와 물병에 꽂아둔 지 며칠, 드디어 때가 되었다는 듯 꽃망울들이 한꺼번에 펑펑 터졌습니다. 늙고 메마른 가지가 단박에 화사한 청춘으로 되돌아갔어요.

매화를 본 순간, 『근원수필』의 첫 문장이 문득 떠올랐어요. 만개한 매화를 달과 함께 보기 위해 "십 리나 되는 비탈길을 얼음 빙판에 코방아를 찧어가면서 그 초라한 선생의 서재를 황혼녘에 찾아"갔다는 근원의 마음, 가난한 문사의 안마당을 구름같이 덮어버린 매화꽃 더미의 아찔한 정경이 말이지요.

> 댁에 매화가 구름같이 피었더군요. 가난한 살림도 때로는 운치가 있는 것입니다. 그 수묵 빛깔로 퇴색해버린 장지 도배에 스며드는 묵흔처럼 어렴풋이 한두 개씩 살이 나타나는 완자창 위로 어쩌면 그렇게도 소담스런 희멀건 꽃송이들이 소복한 부인네처럼 그렇게도 고요하게 필 수가 있습니까.
>
> — 김용준, 『근원수필』에서

비닐집 안에 고추 모종을 내고, 텃밭에 퇴비 뿌리고, 표고목에 종균 접종하고, 유실수 전정하고…… 봄이 되니 일거리가 밀려듭니다. 월동을 위해 감쌌던 나무 밑동의 볏짚을 치우고, 마른 덤불을 정리하고, 장준시와 매실 묘목 몇 그루 밭 비탈에 심어놓고 들어오니 온몸이 뻐근하고 노곤해요. 커피를 마실까 하다가 매화에 그만 마음을 빼앗겨 20년 넘게 간직한 일인용 다관을 열었어요. 매화를 설탕에 재어 마시기도 한다는데, 단맛과 매화향이 어찌 어울리는지 잘 모르겠어요. 따뜻한 찻물에 말린 꽃을 띄운 차는 오래전 어느 선생님 댁에서 맛보았는데, 그 향과 아름다

봄

움이 주는 정취가 더할 나위 없더군요.

말려둔 매화는 없으니 덜 핀 생화 꽃망울 한두 개를 차에 띄웠습니다. 방울처럼 동그란 꽃망울을 따뜻한 차에 띄우면, 꽃은 찰나에 한 생애를 화들짝 피워내요. 매화가 피어난 따뜻한 차를 두 손으로 감싸 들고 입술에 갖다 댑니다. 찻물이 입술을 적실 때 언뜻 스치는 암향을 음미하는 운치가 있어요. 눈이 부드럽고, 코끝이 황홀하고, 혀가 감미로워요. 따뜻한 매화차 한잔에 노곤했던 몸과 마음이 스르르 풀립니다.

스쳐보면
보이지 않아

앞뜰의 자작나무에 연둣빛 물이 올랐습니다. 집을 짓고 다음 해, 아이와 함께 심은 나무들이에요. 연필 굵기의 가느다란 1년생 묘목을 심을 땐 이 어린것들이 언제 자라 숲을 이룰까 싶었는데, 한 해가 다르게 쑥쑥 자라서 지금은 제법 키도 크고 울창해졌습니다. 표고목이 그 그늘에 몸을 의지할 만큼요.

자작나무는 사시사철 내 마음에 황홀한 기쁨을 일으키는 나무입니다. 봄의 간지러운 연둣빛, 여름 햇살을 무차별 반사하는 은초록 이파리, 등불처럼 환한 가을 단풍도 좋지만, 겨울 숲에 운집한 나무들의 꼿꼿한 흰 뼈가 보여주는 스산한 아름다움은 가히 절정입니다. 날카로우면서 아름다운 문장을 구사하는 소설가 김훈은 이 자작나무숲에서 "생명의 기쁨"과 "혼백조차 깃드는 평화"를 보았더군요.

> 자작나무숲은 멀리서 보면 빛들이 모여 사는 숲처럼 보인다. 잎을 다 떨군 겨울에 자작나무숲은 흰 기둥만으로 빛난다. 그래서 자작나무숲의 기쁨과 평화는 죽은 자들의 영혼을 불러들일 만하다. 실제로 북방민족들은 사람이 죽으면 그 영혼이 자작나무숲에 깃들이는 것으로 믿고 있다. 자작나무숲으로 간 혼백들은 복도 많다.
>
> – 김훈, 『자전거 여행』에서

우리 집에 있는 김훈의 『자전거 여행』은 2000년 8월 1일 발행된 초판본이에요. 십수 년 만에 서가에서 꺼내 다시 읽으며, 몇 부분 빼고는 대부분 처음 읽는 듯한 느낌에 놀랐어요. 그리고 곧 그 이유를 깨달았죠. 2000년에 나는 도시에 있었고, 자작나무와 은사시나무도 구분할 줄 모르는 문외한이었던 데다, 동백과 매화와 산수유와 목련 들에 대한 심상 역시 삶의 배경 이미지에 그쳐 있었거든요. 정밀하고 적확한 언어로 표현할 능력은 없다 손 치더라도 최소한 밀도 있는 경험치가 내재되었을 때 '공감'이 라는 사건 혹은 정서적 도약이 일어납니다. 그 경험이 바야흐로 '나의 언어'로 말해지려면 대상에 대한 시선과 정서가 깊은 데까 지 이르러야 가능할 테고요. 2000년 당시의 내겐 그것이 부족했 던 거지요. 울림이 공명할 내적 장치의 부재랄까요.

내 눈으로 자작나무를 유심히 바라본 후에야 "빛들이 모여 사 는 숲"이라는 김훈의 표현에 두말없이 끄덕이게 되었습니다. 산 수유를 내 뜰에 두어 사랑한 후에야 "그림자 같은 꽃"이라는 그 의 묘사와 "나무가 지우개로 저 자신을 지우는 것과 같다."는 표 현을 완벽하게 이해했고요.

산수유는 다만 어른거리는 꽃의 그림자로서 피어난다. 그러나 이 그림자 속에는 빛이 가득하다. 빛은 이 그림자 속에 오글오글 모여서 들끓는다. (……) 산수유가 언제 지는 것인지는 눈치채기 어렵다. 그 그림자 같은 꽃은 다 른 모든 꽃들이 피어나기 전에, 노을이 스러지듯이 문득 종적을 감춘다. 그 꽃이 스러지는 모습은 나무가 지우개 로 저 자신을 지우는 것과 같다.

－김훈, 앞의 책

다른 나무들이 아직 겨울잠에서 깨지 않았을 때 산수유 혼자 샛노랗게 눈뜨더니, 스무 날쯤 지났을까, 분명 꽃이 진 것도 아닌데 어느 결에 연초록 새 이파리들 틈으로 자신의 꽃을 쓱쓱 문질러 지워버렸어요. 툭툭 지는 게 아니라 스르르 은닉되는 꽃 산수유. 새로이 바라보는 산수유는 예전에 안다고 믿었던 그 산수유가 아니더군요.

"자세히 보아야 예쁘다. 오래 보아야 사랑스럽다. 너도 그렇다." 문득 나태주의 〈풀꽃〉이란 시가 떠오릅니다. 그래요. 스쳐보면 보아도 보이지 않아요. 찬찬히, 마음 깊이 들여다보지 않으면 다 흐릿한 풍경에 지나지 않습니다.

이 한 개의
봄

이맘때의 연초록은 어찌나 고운지요. 나는 봄마다 이 빛에 매료됩니다. 넋을 놓을 만큼 황홀해요. 사계절이 다 제 맛을 갖고 있지만, 입에서 절로 탄성이 터져 나오는 때는 아무래도 봄이지요. 살면 살수록 봄이 좋아요.

세상 고뇌를 다 떠안은 것 같았던 이십대엔 꽃을 보고도 웃지 못했어요. 출근길 사육신묘 앞, 버스 차창 밖으로 흐드러지던 개나리 꽃사태를 보고서도 울었지요. 길 가는 노인의 뒷모습만 봐도 쏟아지는 눈물을 주체 못해 걸음을 놓치던 무렵이었어요. 아버지가 갑작스레 이생을 떠나신 후, 속수무책 화사한 봄날의 꽃사태는 그렇게나 무심하더군요. 아버지는 더 이상 이 봄을, 이 꽃을 보시지 못하는데…….

> 자식들을 모두 대학에 진학시킨 후 어느 날 어머니께서 자식들을 모아놓고 하신 말씀이 아직도 귓전에 생생하다. "내가 너희를 혼자 키우느라 내 본성을 감추고 20년간 지내왔다. 이제 너희가 다 컸으니 나는 이제 점잖고 엄숙한 시늉을 그만두고 편안하게 살련다. 행여 지금까지와 다른 내 모습을 본다 해서 놀라지 말거라. 변하는 것이 아니라 본색을 드러내는 것뿐일 테니."
>
> – 김기협, 『아흔 개의 봄』에서

『아흔 개의 봄』은 역사학자 김기협의 어머니 시병 일기입니다. 어머니가 "결함이 없으신 분이라서 자랑스러운 것이 아니라 있는 그대로 자랑"스럽다는 그의 글을 읽으며, 판단과 평가를 통하지 않고 존재 자체를 그대로 받아들이는 마음이란 이런 거겠지, 생각했습니다.

내 아버지의 봄은 오래전 일흔한 개로 끝났고, 엄마의 봄도 최근에 여든다섯 개로 마쳤습니다. 오래전 나는 저물어가는 그분들의 인생을 피어나는 나의 인생과 겹쳐 볼 줄 몰랐어요. 그분들 안에도 '피어나는 나'가 있고 내 안에도 '저물어가는 나'가 있다는 것을, 누구에게나 엄연히 한 번뿐인 인생, 단 한 번 피었다 지는 고유하고 찬란한 봄날인 것을, 그땐 헤아리지 못했어요.

영화 〈죽은 시인의 사회〉에서 키딩 선생이 말했지요. "우리는 언젠가 죽는다. 시간이 있을 때 장미 꽃봉오리를 즐겨라." 내 인생의 장미 꽃봉오리는 늘 피어 있었어요. 열 살에도 스무 살에도, 서른 살에도 마흔 살에도, 그리고 쉰을 넘어선 지금도 여전히 나는 저물어가는 내 안에 피어나는 꽃송이를 느낍니다. 한때 그 꽃봉오리, 유보하고 견디고 억압하다 못해 스스로 시들길 소망하던 때도 있었어요. 그러나 캄캄했던 그 순간도 꽃이었습니다.

봄날은
가야 한다

우리는 단 하나의 사랑만 하다가 죽는지도 모른다. 단 한

봄의 막바지, 으름꽃이 최후처럼 만개했습니다.
살아 있는 모든 순간이 꽃입니다.

번의 진짜 사랑을 한 뒤에 맞게 되는 나머지 사랑들은 그
저 각주에 지나지 않는지도 모른다. (……) 꽃이 지지 않
으면 봄이 아니다. 끝이 없는 봄은 봄이 아니다. 봄날은
가야 한다.

– 이화경, 『열애를 읽는다』에서

으름꽃이 집니다. 슬쩍 건드리기만 해도 낱낱이 흩어져 팔랑
팔랑 떨어져요. 수꽃들은 거의 졌고 암꽃들 일부만이 마지막 힘
을 다해 매달려 있어요. 모시 적삼처럼 맑고 고왔던 연보랏빛 꽃
잔치가 한순간에 끝났습니다. 으름덩굴 꽃그늘에서 경탄하고 슬
퍼합니다. 짧은 순간 빛나는 것들은 이토록 아름다워요. 영원한
존재가 아니라서 그렇지요. 슬픔으로 매혹되는 것들은 반드시
한계와 소멸을 내포하고 있습니다.

짧고 격렬한 꽃의 개화 앞에서 영생을 갈구하는 욕망의 헛됨
을 생각합니다. 꽃은 피어서 지므로 꽃이에요. 빛은 잠깐 명멸하
므로 빛이지요. 밝음이 낮밤 없는 밝음이라면, 생성도 소멸도 없
는 밝음이라면, 어둠이란 대척점조차 없는 완벽하고 일관된 밝
음이라면, 그 밝음을 대체 어디에 쓰나요. 죽음 없는 삶이 삶인
가요? 줄기세포나 크리스퍼(유전자 편집) 기술에 대한 열광은 소
멸과 상실에 대한 두려움의 뒷면이지만, 나는 영원히 사는 일의

슬픔과 피로감이 더 막막하군요. 인간의 역사가 되풀이하는 참혹과 피폐를 어디까지 견딜까요. 그러므로 내 시대를 잠시 통과하며 저물어간다는 건 참으로 다행스런 일이지요. 내가 유한한 목숨이라는 사실이 나를 빛나게 합니다. 생의 유한성은 참을 수 없는 생의 충동을 일으켜 나를 흔들리고 나부끼게 해요.

> 그 새벽에 본 지중해의 빛과, 모래성을 허물어가던 저녁 물결의 한가운데 내 찬란한 청춘의 정오를 필사必死의 내 몸이 잠시 정지시킨다. 그것이 영원이 아니라면 그밖의 어떤 영원을 나의 쉬 허물어질 살은 알겠는가? (……) 아아, 어디다 부릴까, 이 두고 가야 하는 세계에 대한 나의 사랑을. 어디다 부릴까, 이 순간의 슬픔과 아름다움을.
>
> – 김화영, 『행복의 충격』에서

내 인생의 몇 개 안 되는 봄, 그 가운데 한 개의 봄입니다. 이제 옛 생각으로 울지 않아요. 천금을 주고도 살 수 없는 지금 이 순간을 기뻐하고 감사할 뿐.

사람의 한평생, 아흔 개의 봄 보기가 어렵습니다.

여름

바라보기 시작하면서 내가 변한다

세상에 나쁜 벌레는 없지요

사마귀는
오래 기다렸어요

"어머! 이 집엔 메뚜기가 많네요."

대문으로 들어서던 손님이 깜짝 놀랍니다. 한 걸음만 내디뎌도 발아래서 '톡톡!' 메뚜기들이 튀어 오르거든요. 종류도 갖가지예요. 벼메뚜기, 팥중이, 섬서구메뚜기, 방아깨비, 베짱이, 풀무치……. 온 동네 메뚜기 무리가 다 우리 뜰로 모이는 모양이에요. 메뚜기가 많으니 참개구리들도 늘었어요. 여기서 펄쩍 저기서 펄쩍, 메뚜기 못잖게 바삐 뛰어다닙니다.

땅을 갈지 않고 제초제·살충제도 쓰지 않는 우리 밭 흙은 지렁이와 온갖 벌레들의 서식처예요. 땅 위 무성한 풀숲은 각종 곤

무 잎에서 짝짓기하는 섬서구메뚜기 한 쌍. 수컷이 암컷에 비해 몸집이 작아요.
갈색과 녹색으로 몸 색깔은 달라도 다 같은 섬서구메뚜기입니다.

충들의 번식처고요. 농약을 안 쓰니 벌레를 한 마리 한 마리 손으로 잡아야 해요. 곤충들은 우리 밭의 작물을 갉으며 알을 낳아 종을 잇고, 나는 그 개체의 목숨을 거두며 삶과 죽음이 맞물리는 자연스러운 순환에 한 발을 걸칩니다. 살충제로 단번에 벌레 무리를 섬멸하는 소위 '과학 영농'의 눈으로 보면 참으로 비효율적인 과정이지요.

섬서구메뚜기는 우리 밭에 가장 흔한 곤충입니다. 섬서구메뚜기를 방아깨비로 착각하는 사람도 많던데, 실제로 보면 방아깨비보다 크기도 작고 생김새도 달라요. 섬서구메뚜기는 행동이 굼떠서 사람 손에 쉽게 붙잡힙니다. 그에 비해 벼메뚜기는 탄력 있는 뒷다리로 용수철처럼 튀어 오르기 때문에 잡기가 여간 어려운 게 아니에요. 배추와 들깻잎을 열심히 먹어치운 후 열정적으로 짝짓기를 하는 녀석들을 손으로 덮쳐 잡으니, 손안에서 꿈틀대고 발버둥치는 힘이 요란합니다. 절정의 순간에 죽음이라니. 가슴속에 꿈틀, 연민이 올라와요.

언젠가, 평생을 도시에서만 살아온 큰오라버니가 여동생 집이라고 놀러 왔다가 배춧잎에 올라앉은 섬서구메뚜기 두 마리를 보고 초등생인 아이에게 묻더군요.

"지수야, 이거 엄마가 아들 업고 있는 거니?"

그러자 아이가 외삼촌에게 대답했습니다.

"아뇨, 짝짓기 하는 거예요."

어릴 적부터 곤충들의 짝짓기를 수없이 지켜본 아이가 환갑을 바라보는 큰외삼촌의 스승이 되는 순간입니다.

한번은 이런 일도 있었어요. 집에 오신 손님과 함께 뜰에 서서 이야기하며, 참으아리 꽃 위를 잉잉대며 날아다니는 통통한 호박벌을 무심코 바라보고 있었는데요. 꽃 덩굴에 박제처럼 붙어 꼼짝 않던 암사마귀가 갑자기 빛의 속도로 호박벌을 낚아챘어요. 눈앞에서 순식간에 벌어진 일에 다들 "어어" 하는데, 손님이 반사적으로 손을 날려 사마귀를 툭 쳤습니다. 호박벌을 돕고 싶었던 거죠. 사마귀가 휘청거렸고 그 틈에 호박벌은 날아갔어요. 호박벌한테 일순 감정 이입이 된 우리는 '살았구나, 다행이다.' 하는 표정이었는데, 보고 있던 아이가 이렇게 말하더군요.

"사마귀는 거기서 오래 기다렸어요. 우린 끼어들면 안 돼요."

날아라, 배추흰나비

무더위가 채 가시기 전인 8월 하순부터 농부는 김장 농사를 시작합니다. 무성한 고추밭 옆 빈 이랑에 치솟은 풀을 베고 퇴비를 넣어 배추 모종을 심어요. 모종을 심은 다음 날, 밭에 나가 보니 "이런!" 서너 포기의 모종 밑동이 똑 끊겼네요. 주변 흙을 손가락으로 살살 파보니 거무스레하고 탱글탱글한 애벌레가 나옵니다. 바로 거세미나방 애벌레지요. 거세미나방 애벌레는 낮 동안 촉촉한 흙 아래 숨어 있다가 밤에 나와 작물의 연한 밑동을 싹둑 끊어 먹습니다. 건드리면 몸을 동그랗게 말아요. 이파리 몇 장 뜯어 먹는 정도면 참아줄 텐데 꼭 이렇게 밑동을 싹둑 끊어 놓네요. 어쩔 수 없이 닭장으로 보내버렸습니다.

일주일쯤 지나니 배추들도 기를 쓰고 잎을 펼칩니다. 배추가 벌레들을 이길 방법은 딱 하나, 벌레가 먹는 속도보다 더 빨리 자라는 거예요. 그런데 한창 잘 크던 배춧잎에 구멍이 뽕뽕 뚫리기 시작합니다. 구멍 뚫기 대장 벼룩잎벌레 짓이지요. 까만 깨알 같은 벼룩잎벌레는 배춧잎이 살짝 흔들리기만 해도 떼구루루~ 이파리 틈새로 굴러 떨어져버려요. 손톱 끝으로는 잡기가 여간 어려운 게 아니에요. 쉽게 안 잡히는 법을 어쩌면 그렇게 본능적으로 아는지!

한 달쯤 지나 제법 배추 꼴을 갖춰갈 즈음, 배춧잎에 진초록색 똥이 보입니다. 똥은 애벌레가 있다는 증거지요. 초록 잎을 먹고, 초록 몸이 되어, 초록 똥을 싸고, 초록 번데기를 짓지만,

날개 펴고 날아오를 땐 눈부신 흰 빛으로 탈바꿈하는 배추흰나비 애벌레예요. 배춧잎과 똑같은 보호색으로 몸을 숨기지만, 몸이 자라면서 똥의 양도 많아져 금세 들키고 말아요. 70포기 남짓한 배추 포기 사이를 앉은걸음으로 이동하며 배춧잎 한 장 한 장 들춰서 애벌레를 잡습니다. 애벌레와의 숨바꼭질에서 술래는 언제나 나예요. 그렇게 한두 시간이 훌쩍 지나면, 웅크린 어깨와 허리, 고관절이 몹시 피로해집니다.

애벌레를 그토록 열심히 잡아냈는데도 용케 살아남아 번데기를 지은 대단한 녀석도 있어요. 애벌레가 번데기 짓는 과정을 나 자신이 한 마리 애벌레가 된 듯 지켜보았던 독서 경험이 떠올라 차마 닭장에 던지지는 못하고, 번데기가 붙어 있는 이파리째 그릇에 담아 주방 창가에 들여놓았습니다.

고치 안에는 아무런 빛도 없었다. 어둠 속에서 이 노련한 건축가는 자기 입에서 토해 낸 특수한 미장 재료를 고치 안쪽 벽에다 골고루 발랐다. 그 어떤 연장도 필요하지 않았다. 오직 입으로, 몸을 위아래로 돌려가면서 작업을 하였다. 어디를 둘러보아도 부실공사를 한 흔적은 없었다. 기름기가 섞인 그 특수한 재료는 고치 안을 기름종이처럼 반질반질하게 변화시켰다. 그제야 애벌레는 집이 완성되었다고 생각했다. 평생 혼자 살아온 첫 번째 애벌레는 고치 속에서 집이 완성되었다는 기쁨도 혼자 즐겨야 했다.

— 이상권, 『애벌레를 위하여』에서

『애벌레를 위하여』는 '열세 마리 가중나무고치나방 애벌레'에 관한 소설입니다. 애벌레와 숲속 곤충들의 세계를 그들의 눈을 빌려 치밀하게 기록한 책이지요. 애벌레의 삶과 죽음의 대장정을 나 역시 한 마리 애벌레가 되어 따라갑니다. 내 몸이 애벌레가 되어 산초나무 잎을 갉고, 애벌레가 되어 갑갑한 허물을 벗고, 애벌레가 되어 번데기를 짓고, 애벌레가 되어 천적에게 잡아먹혀요. '애벌레 들여다보기'에서 한 발 나아가 '애벌레 되기'를 경험하면서, 애벌레의 삶도 인간의 그것과 다르지 않다는 생각에 마음이 애잔해집니다. 특히 열세 번째 애벌레가 고치벌의 새끼들에게 제 몸뚱이를 다 내주고 생을 마감하는 모습은, "자, 나를 잡아먹어라. 그래서 네 아기들 배를 채워라."라고 말하며 배고픈 족제비 어미에게 제 몸을 기꺼이 내주던 『마당을 나온 암탉』의 '잎싹'을 연상시키더군요.

말벌이 날아가자 열세 번째 애벌레의 다리가 풀리면서

자신을 붙잡고 있던 모든 마법이 한순간에 풀려버렸다. 애벌레의 몸은 모든 생명을 길러내는 대지 위로 툭 떨어졌다. (……) 애벌레는 늙을 대로 늙어버렸고 모든 힘을 고치벌 새끼에게 빼앗겨버렸다. 그렇지만 애벌레는 편안한 모습이었다.

— 이상권, 앞의 책

주방 창가에 둔 번데기를 한동안 잊고 있었는데, 어느 날 아침 눈떠보니 오랜 꿈에서 깨어난 듯한 흰나비 한 마리가 팔랑팔랑 유리창 위를 날고 있었어요. 그가 있던 자리엔 말라비틀어진 배춧잎과 등 껍질이 반듯하게 갈라진 투명한 번데기 껍질만이 남아 있었고요.

꾸물거리는 애벌레, 죽은 듯한 번데기에서 하늘을 나는 나비를 상상하는 건 왜 그리 어려울까요. 병아리, 강아지, 새끼 고양이, 사람의 아기……. 그 어린것들은 귀엽고 안쓰럽다 하면서, 왜 유독 애벌레에게는 가혹하고 성충한텐 너그러울까요. 농작물을 먹어치우는 훼방꾼이라선가, 생김새에 대한 편견 탓인가. 그런 생각을 하면서 유리창을 열어 공손히 그를 보내주었습니다.

스쳐보기,
바라보기,
깊이 보기

텃밭에서 낯선 애벌레를 발견한 날이면 애벌레 도감을 뒤집니다. 국내 최초의 애벌레 도감인 『주머니 속 애벌레 도감』(손재천)과 그 뒤를 이은 『나방 애벌레 도감』(허운홍)은 애벌레를 관찰해온 저자들의 10년 노고가 담긴 귀한 책이지요. 알에서 깨어나 허물을 몇 차례씩 벗어가며 변화무쌍하게 달라지는 애벌레의 탈바꿈을 관찰하고 자료화하기란 정말 쉽지 않은 일일 거예요. 그래도 오랜 세월 특별한 관심을 기울여온 분들 덕에 300~400종에 이르는 애벌레 자료가 정리되었으니 참 고맙다는 생각이 듭니다.

궁금했던 애벌레를 도감에서 찾은 날은 얼마나 기분이 좋은지 몰라요. 하지만 도감으로 나온 수백 종 외에 아직 우리가 파악하지 못하는 애벌레들의 세계는 어마어마하다지요. 한국 땅에 서식하는 곤충만도 무려 1만 종이 넘는다니 그 방대함에 기가 질립니다.

화려한 나비나 외양이 멋진 딱정벌레류는 대개의 사람들이 좋아하지요. 하지만 해충이라 불리는 곤충이나 꾸물거리는 애벌

레를 보면 기겁을 해요. 낯설어서, 잘 몰라서, 두려워하고 혐오
합니다. 대량의 살충제를 뿌려서라도 전멸시키고 싶어 해요. 하
지만 벌레의 삶을 들여다보면 그 안에도 만물의 조화와 신비, 아
름다움이 가득합니다. 포유류나 인간보다 결코 못하지 않아요.

> 우리가 세상의 일부를 없애려고 기를 쓰는 이유는 어찌
> 보면 종착점을 향해 가는 우리의 인생, 곧 필연적인 육체
> 의 죽음으로 가는 과정을 해석할 틀, 생명을 존중하고 지
> 탱할 틀이 없기 때문인지도 모른다. 우리의 인생은 모든
> 차원에서 일시적 현상들로 둘러싸여 있고, 인생의 기반
> 자체도 신비에 싸여 있다. 그러나 우리는 이 점을 완강하
> 게 부인하며 죽음과 부패를 상기시키는 모든 것을 애써
> 외면한다.
>
> — 조안 엘리자베스 록, 『세상에 나쁜 벌레는 없다』에서

날마다 애벌레들과 마주치다보니 아무리 못생기고 털 많은
애벌레라 해도 어떤 빛깔의 어른 곤충으로 탈바꿈할지 궁금하고
기대됩니다. 애벌레의 변태 과정은 '미운 오리 새끼'의 변신보다
도 훨씬 드라마틱해요. 바라보면 알고 싶어지고, 알게 되면 사랑
하게 됩니다. 나의 자연살이 과정 역시 그랬어요. 그들을 '바라

여름

보기' 시작하면서 나의 '보는 방식'이 변하고, 나아가 그 '내면 보기'까지 하고 싶어지는 겁니다.

> 치유자 레이첼 나오미는 "바라보는 행위가 보는 이를 변
> 화시키고 평생 보는 방식을 바꿔놓는다."고 주장한다. 신
> 비주의 시인 릴케는 이를 '경건한 내면 보기'라고 했다.
> '내면 보기'를 하면 바라보는 사물의 겉모습을 뚫고 본질
> 을 파악하게 된다.
>
> – 조안 엘리자베스 록, 앞의 책

자연살이만 그러할까요. 시골에 살든 도시에 살든, 바라보는 대상이 곤충이든 동물이든 사람이든, '스쳐보기'가 아닌 '바라보기', 더 나아가 '깊이 보기'를 한다는 것은, 존재 혹은 현상의 이면에 내장된 흐름을 함께 본다는 거겠지요. 선입견과 거부감, 쉬운 단정, 게으른 합리화의 습관을 멈추고 결과 앞에서 과정과 맥락을 들여다보는 태도, 존재의 심연에 닿고자 하는 열망과 호기심이야말로 사물의 겉모습을 뚫고 본질을 파악하는 출발점이자, 너와 나 사이의 이해와 공감을 넓히는 첩경이라는 생각이 듭니다.

홀로 존재하는 것은 불가능하다

땅 밑, 땅 위에서 그들이 사는 법

흙 속에
사는 생명들

"와~ 이게 뱀이야, 지렁이야?"

감자 캐던 아이가 왕지렁이를 두 손으로 들어 올립니다. 몸길이가 30센티쯤 되는 아주 큰 지렁이예요. 아이는 지렁이나 벌레를 아무렇지도 않게 만집니다. 꼬물거리는 것들에 대해 거부감이 없는 건 엄마 닮았어요. 드물게 보는 거대 지렁이가 신기해서 함께 들여다보다가 흙에 놓아주었습니다. 지렁이는 다리 없는 생물 중에 가장 귀하게 모시는 녀석이지요. 해가 갈수록 우리 밭지렁이의 개체 수가 어마어마하게 늘고 있어요.

흙 속에서 땅강아지도 나왔습니다. 아! 땅강아지를 본 게 몇

십 년 만인가요. 소꿉친구 만난 듯 반가워서 입이 귀밑에 걸렸어요. 어렸을 때 땅강아지랑 힘겨루기 놀이를 많이 했거든요. 앞마당에서 붙잡은 땅강아지를 손아귀에 쥐면 녀석은 포클레인 삽날 같은 갈퀴발로 힘차게 내 손가락 틈을 벌려 나가버렸지요. 온 힘을 손가락에 집중해 버텨도 번번이 녀석에게 지고 말았어요. 조그만 몸에서 나오는 그 억센 힘이라니! 그 힘을 느껴보라고 아이의 손에 땅강아지를 쥐어 주었습니다. "어어……." 순식간에 손가락 틈을 벌리고 나가버리니 아이의 입이 떡 벌어졌지요. "대단한걸!"

흙 속에는 개미들이 구축한 거대한 지하 도시도 있어요. 감자를 캐거나 풀을 맬 때면 본의 아니게 엄청난 규모의 개미집을 파괴하게 됩니다. 흰 개미 알들이 우수수 쏟아져 나오고, 갑작스런 침입자에 분노한 개미들이 손등과 팔, 발목과 종아리를 타고 올라요. 물론 이런 사태를 미리 예상하고, 밭일에 나서기 전에는 긴팔 옷에 토시와 장갑, 긴 바지에 발목을 덮는 양말로 단단히 무장을 합니다. 옷 위로 엉겨 붙는 개미들을 장갑 낀 손으로 탈탈 털어내지만, 잠깐 사이에 개미들은 어깨까지 올라와 벌어진 옷깃의 작은 틈으로 파고들어요. 용감한 병정개미한테 서너 차례 물리면 더 이상 버티기 힘듭니다. 결국 호미를 놓고 퇴각할 수밖에요. 평화로운 일상을 습격당했으니 개미한텐 날 물어뜯을 권리가 있습니다.

풀을 매다 보면 흙에 사는 숱한 생명들을 만납니다. 지표면을 빠르게 달아나는 늑대거미와 딱정벌레, 흙 아래서 꿈틀대는 지렁이와 나방 애벌레, 발 많은 노래기와 미끈한 민달팽이, 보일 듯 말 듯한 톡토기와 응애……. 그밖에도 이름 모를 벌레들이 흙 속에 가득해요. 그러나 내 눈에 보이는 것들은 흙의 생명살이 전체로 보면 지극히 미미한 수준이지요. 현미경을 통해서 보면 양분이 풍부한 흙 1그램에 수십억 마리의 박테리아가 살아 바글댄다고 해요. 찻숟가락 하나의 흙에도 1킬로미터가 넘는 균사체가 들어 있고요. 발아래 흙 한 줌에도 헤아릴 수 없는 생명체들이 존재하지만, 나는 그들의 존재를 거의 의식하지 못합니다. 그들과 나의 관계가 얼마나 긴밀하게 연결되어 있는지도 전혀 느끼지 못하면서 살고 있지요.

낙엽 아래의 흙 반 움큼에는 10억 마리의 미생물이 살고 있지만 실험실에서 배양하고 연구한 것은 1퍼센트에 불과하다. 나머지 99퍼센트는 상호 의존 관계가 너무 깊고 이 관계를 모방하거나 복제할 방법이 없기 때문에, 배양하고 연구하려고 분리하면 죽는다. 그래서 흙의 미생물

공동체는 커다란 미스터리로 남아 있으며, 대부분의 미생물은 명명되거나 알려지지 않은 채 살아간다. (……) 이 모든 관계가 생명의 역사에 아주 깊숙이 뿌리내린 만큼, 개별성의 환상은 설 자리가 없으며 홀로 존재하는 것은 불가능하다.

— 데이비드 조지 해스컬, 『숲에서 우주를 보다』에서

두더지와 누리장나무

배추 모종을 심은 지 2~3일쯤 지났을까요? 아침에 밭에 나갔더니 절반 가까운 모종이 밑동이 잘린 채 시들어 있었습니다. "헉! 무슨 일이지?" 해마다 거세미나방 애벌레한테 대여섯 포기쯤 당하는 거야 익숙하지만, 이번엔 전혀 달랐어요. 이건 거세미나방 애벌레 짓이 아닙니다. 범인은 따로 있어요. 그것도 한두 마리가 아니라 엄청난 군단으로요.

진범은 풍뎅이류 애벌레들이었어요. 며칠간 온 밭을 샅샅이 헤집었습니다. 손가락을 작은 포클레인 삼아 긁고 파면서 흙 속의 애벌레들을 잡아냈지요. 어깻죽지와 등허리가 아프고 손가락

관절도 쏙쏙 쑤셨지만 배추를 지켜야 김장을 할 수 있다는 일념으로 벌레 잡기에 매달렸어요. 모종 심기 전에 미리 흙 속에 살충제를 뿌렸다면 겪지 않아도 될 수고라는 걸 잘 알아요. 그러나 그런 약을 넣을 생각은 처음부터 하지 않았습니다. 흙 속으로 침투한 살충제가 끼칠 생태계 교란의 해악과, 작물을 통해 우리 몸에 일으킬 나쁜 연쇄 반응을 근심했기 때문이지요. 우리 눈에 보이지 않는 생물들이 흙 속에 얼마나 많은지, 그들의 공동체가 얼마나 유기적으로 움직이는지, 그리고 그들의 삶이 우리 인간에게 어떤 선물을 주고 있는지를 이해한다면, 눈앞의 이익과 편리를 위해 죽음의 전령사가 될 엄두가 나지 않습니다.

흙은 무의미하게 정지해 있는 비활성의 세계가 아니에요. 작은 생명체들의 보금자리이자 은신처이고, 쉴 새 없이 움직이는 먹이사슬의 소우주이며, 박테리아와 곰팡이에 의해 죽음이 삶으로 재생되는 부활과 윤회의 공간입니다. 사람을 비롯한 지상의 동식물들은 이 지하 세계의 구성원들 덕에 살아가고 있다 해도 과언이 아니지요. 그럼에도 사람들은 당장의 이익을 위해 치명적인 화학 살충제와 제초제를 만들어서 막대한 양을 토양에 살포해요. 머잖아 되돌아와 우리 목을 치고 말 부메랑을 아무 고민 없이 날리고 있습니다.

"어떤 것이 옳은지 구분할 수 있는 의지나 전망을 잃어버린 것일까. 사람들은 효력도 덜하고 훨씬 해로운 수단을 어쩔 수 없다며 그저 받아들인다." 레이첼 카슨이 『침묵의 봄』에 쓴 글입니다. 『침묵의 봄』이 발간된 해가 1962년이에요. 그로부터 50년이 넘는 세월이 흘렀지만, 그녀의 글은 지금 이 나라에서 무서우리만치 현재 진행형으로 읽힙니다.

불길한 망령은 우리가 눈치채지 못하도록 슬그머니 찾아오며 상상만 하던 비극은 너무나도 쉽게 적나라한 현실이 된다는 것을 우리는 알게 될 것이다. (……) 사람들은 즉각적인 일에만 관심을 보인다. 문제가 즉시 드러나지 않고 그 형태도 명확하지 않으면 그저 무시하고 그 위험을 부정해버린다.

— 레이첼 카슨, 『침묵의 봄』에서

애벌레를 잡느라 한참 땅을 헤집는데 갑자기 허공을 짚듯 호미 날이 땅속으로 푹 꺼집니다. 지하 세계로 뻥 뚫린 구멍, 바로 두더지가 다니는 길이에요. 밭 아래를 종횡무진 얼마나 헤집고 다녔는지 파헤친 흙더미가 여기저기 쌓여 있고, 들썩거리며 사방으로 뻗어나간 두더지 길 위로 고무신 발이 푹푹 빠집니다.

두더지들이 밭을 들썩거려 놓으면 작물이 뿌리를 내리지 못하고 말라 죽어요. 양파 밭 아래로 돌아다니는 두더지 때문에 양파가 실파 수준을 못 벗어납니다. 가지와 토마토 몇 그루도 뿌리가 상해 죽어가네요. 들뜬 자리를 아무리 발로 꾹꾹 다져 놓아도 소용없어요. 두더지들은 다니던 길로만 다니는 습성이 있어서 결국 터널은 다시 뚫리고 맙니다.

두더지를 물리칠 좋은 방법이 없을까 싶어 동네 어른들께 여쭤보니 "농약사 가면 두더지 약 있어!" 하시네요. 옛사람들도 농작물을 지키기 위해 갖은 애를 썼을 텐데, 농약 없던 시절에는 두더지를 어찌 쫓았을까요. 궁금하던 차에 절친한 이웃을 통해 특급 정보를 얻었습니다. 이웃의 팔순 할머니께서 가르쳐 주셨대요. 바로 누리장나무! 예로부터 전해지는 비방이라고 하는군요. "와~ 효과 있겠어요!"

우리 뜰에는 심지 않았는데도 저절로 뿌리 내려 내 키만큼 자란 누리장나무가 있어요. 누리장나무의 꽃은 연분홍색인데, 꽃이 진 후 남겨진 진붉은 꽃받침과 남빛 씨앗이 꽃보다 고와요. 그 씨앗으로 천연 염색을 하면 아름다운 하늘색을 얻을 수 있지요. 그토록 고운 빛깔을 숨겨둔 나무답지 않게 줄기와 잎에서 풍기는 냄새는 정말 고약해요. 나무 이름이 '누리장'인 것도 특유의 누린내 때문이지요. 사람도 진저리가 쳐질 정도인데 눈 어둡고 후각이 발달한 땅속 두더지라면 얼마나 싫을까요!

얼른 누리장나무 가지를 몇 개 끊어다가 두더지 구멍마다 쑤욱~ 쑤셔 넣었습니다.

"어때, 두더지들아. 이제 이쪽으론 얼씬도 하기 싫지?"

두더지를 해치지 않고 멀리 쫓아내는 방법, 정말 최고예요! 옛 어른들의 지혜란 이런 거군요.

개구리와
두꺼비와 뱀

"하루아침에 고추가 이 지경이 되다니!!"

밤사이 고라니가 뜰 안까지 들어와서 고추 순을 싹 먹어치워 버렸습니다. 고추 순만이 아니에요. 고구마 순도 똑똑 끊어 먹고, 근대도 상추도 쑥갓도 연한 윗부분을 다 훑어 먹었더군요. 고라니는 연하고 맛있는 걸 귀신같이 압니다. 거친 돌피나 바랭이 같은 것은 입에도 안 대요. 동네 어른들이 밭 둘레를 그물망으로 촘촘히 둘러치는 게 이해가 되더군요.

소 잃고 외양간 고친다고 했지요. 밭이 엉망이 된 후에야 그물망을 사서 울타리를 쳤습니다. 고추가 줄기만 남았지만, 그래도 잎겨드랑이에서 새순이 나오고 있으니 뽑지는 않았어요. 새순 몇 개를 다시 키워보려고요. 모종 철도 다 지나서 어차피 새 모종을 구할 수도 없거든요. 밭을 빙 둘러 울타리를 쳤으니 이제 안심하고 닭들을 풀어줘도 되겠네요. 근대며 상추를 뜯을까 봐 한동안 닭들을 가둬 놓았거든요. 닭장 문을 열어주니 환호하며 뛰쳐나온 닭들이 순식간에 풀밭으로 흩어집니다.

그물망 덕에 닭들은 살판났는데 뜻하지 않은 피해자가 생겼어요. 폴짝 뛰던 참개구리가 그만 그물망에 목이 낀 거예요. "풉!!" 녀석의 꼴을 보는 순간 나도 모르게 터지는 웃음을 참지 못했어요. 녀석은 바둥바둥 아주 난처한 상황인데 말이죠. 참개구리의 곁눈질을 받으며 손가락으로 녀석의 턱을 살짝 밀어서 걸린 부분을 빼주었습니다. "이제 괜찮니?"

팔짝! 살았다! 자유로워진 몸이 믿기지 않은 듯 잠시 나를 바라보더니, 팔짝팔짝 바삐 뛰어서 풀숲으로 사라졌습니다.

여기저기서 펄쩍거리며 뛰어다니는 개구리와 달리 두꺼비는 흙 속이나 바위 그늘에 묵직하게 들어앉아 있어서 눈에 잘 띄지 않아요. 언젠가 밭 흙 위에 덮어둔 짚을 걷다가 뭔가 손에 뭉클 잡혀서 깜짝 놀라 자빠진 적이 있어요. 흙 속에 숨어 있던 흙색 두꺼비였지요. 나 못잖게 저도 놀랐으련만 녀석은 세상에 놀랄

바둥바둥……, 이를 어째!
그물망에 목이 낀 참개구리를 보는 순간, 풉! 웃음이 터지고 말았어요.

일이 뭐가 있느냐는 듯 천천히 엉덩이를 씰룩이며 걸어가더군요. 청개구리도 귀엽고 참개구리도 예쁘지만 촐싹대지 않고 느긋한 두꺼비는 정말 매력적이에요. 천지가 요동쳐도 꿈쩍 않는 뱃심에다 느릿느릿 평화로운 걸음, 약간 졸린 듯한 게으른 눈매에 귀여운 콧구멍, 한껏 미소 짓는 커다란 입, 지상에 탄탄히 내디딘 앞 발가락의 너비까지도 맘에 드는 녀석입니다.

살충제나 제초제를 쓰지 않으니 지하의 미시 세계가 온전히 살아 있고, 지상은 풀벌레와 개구리들의 천국입니다. 개구리가 뛰니 뱀도 돌아다녀요. 집 뜰에서 뱀을 만나는 일은 물론 긴장되는 일이지요.

지독히 뜨거웠던 폭염의 날, 수돗가에서 손빨래를 하다가 물이 든 대야를 기울이는 순간, "이크!" 대야 아래 또아리 틀고 엎드린 뱀과 딱 마주쳤어요. 어린 살모사더군요. 나도 놀랐지만 축축하고 시원한 자리에서 자던 그 녀석도 놀랐겠지요. 꼬리를 바르르 바르르 떨며 납작한 삼각꼴 머리를 꼿꼿이 세우더니 혀를 날름거리며 나를 향해 휙, 휙, 위협의 몸짓을 합니다. 제 독을 믿고 도망도 안 가요. 그대로 두자니 위험해서 긴 작대기로 조심조심 양동이 안에 쓸어 담았어요. 하룻밤 양동이에서 재운 뒤 다음 날 아침 뒷산 수풀 속에 놓아주었습니다.

도시에서 살았다면 거의 마주치지 않았을 동물들이 지금 내 일상의 일부를 이루고 있습니다. 예측할 수 없기에 흥미로운 일들이 종종 일어납니다. 멀리 여행을 가지도 않고 사람들을 자주 만나지도 않는데, 갑자기 뜻하지 않은 존재의 방문을 받기도 하고 느닷없이 새로운 사건에 직면하기도 해요. 이 조용한 숲속 집에서 나는 미세한 것들의 은밀한 세계를 엿보며, 예견할 수 없는 대상과의 마주침을 즐깁니다. 고요하지만 역동적이에요. 혼자 있어도 지루할 수 없는 이유입니다.

시간이 지남에 따라 내 현관 계단에서 점점 더 흥미로운 것들을 발견한다. 자연의 많은 부분은 아주 정교하기 때문에 크고 거창한 것에 익숙해지면 자연을 제대로 즐기기가 어렵다. (……) 나는 새가 둥지로 무엇을 물어 오는가를 알기 위해 몇 시간이나 새를 관찰하는 데 익숙해졌고 그 미묘한 차이를 알고서 기쁨을 누렸다. 수백만 년 동안 다양해진 새나 먼지벌레 혹은 개미의 정교함, 이런 것들이 모여 전체를 만든다.

– 베른트 하인리히, 『숲에 사는 즐거움』에서

한 알의 씨앗은 오래된 미래

토종으로 지키는 종자 주권

관념과
체감의 거리

5월 말에 모내기를 했어요. 가까운 이웃들과 함께 지어온 벼농사가 3년째예요. 점심 들밥을 준비하느라 이른 아침부터 분주했지요. 갖가지 반찬에 푸성귀와 된장, 과일 등을 챙겨 들고 논으로 갔습니다. 네 마지기 논이 둥그렇고 예쁘장합니다. 써레질한 논에는 쌀겨와 깻묵으로 만든 친환경 비료를 미리 뿌려 놓았지요.

4월 초에 해 둔 못자리에서 모판 수십 개를 트럭으로 실어 왔어요. 소독약을 쓰지 않고 65도의 물에 열탕 소독한 볍씨로 키운 모예요. 모판에서 뜯어낸 카펫 같은 모를 보행 이앙기로 옮겨서 모를 심기 시작합니다. 이앙기를 다루는 분이 모를 심는 동안 다른 사람들은 주변의 풀을 깎거나, 논둑의 두더지 구멍을 손보거나, 트럭에서 내린 모판을 수시로 이앙기에 옮겨 싣는 일을 합니다.

모내기나 김매기처럼 중요한 농사일에는 아이들도 함께해요. 아이들은 제 깜냥껏 어른들 일을 도우며 밥 한 그릇이 제 입에 들어오기까지의 과정을 자연스럽게 배우지요. 학교 대신 논으로 온 꼬마 일꾼들에게는 논가에 흩어진 빈 모판들을 거두어 농수로 물에 씻는 일을 맡겼습니다. 맨발에 바지를 걷어 올린 아이들이 손에 손에 빈 모판을 들고 수로를 향해 갑니다. 흐르는 수로 물에 발을 담그고 수세미 대신 주변의 풀을 한 움큼 뜯어서 모판 설거지를 하는 걸 보면 아이들도 일머리가 있어요. 첨벙첨벙 수로에서 모판만 닦자니 재미없겠죠. 가랑이 사이로 서로 물을 뿌려대며 장난을 칩니다. "아, 발에 동상 걸릴 것 같아!" 조잘조잘 야단이에요. 물이 엄청 차가운가 봐요.

일주일 후, 뜬모를 하려고 다시 모였습니다. 모가 제대로 꽂히지 않은 빈자리를 찾아서 손으로 일일이 모를 심는 걸 '뜬모한다'고 해요. 허벅지까지 올라오는 긴 물장화를 신고 모판을 적당히 찢어서 들고 논으로 걸어 들어갑니다. 발이 논바닥 아래로 푹푹 빠져요. 한 사람당 좌우로 대여섯 줄을 책임지고 한 걸음씩 나아가며 부족한 자리에 모를 채워 심습니다. 가지고 있던 모판을 다 쓰면 논둑의 아이들을 소리쳐 불러요. 그러면 아이들이 모판을 찢어 힘껏 던져줍니다. 한 걸음 옮기기도 힘든 진흙 속에 선 채로 아이들이 던진 모판에 "철푸덕!" 논물벼락을 맞기도 하고, 외야수처럼 두 손을 높이 쳐들어 받으려다 균형을 잃고 엉덩방아를 찧기도 해요. 그럴 때면 한바탕 웃음보가 터집니다. 논에 한번 들어가면 저편 끝에 다다를 때까지 도중에 나오기 어려워요. 아이들 덕에 모 가지러 논 밖으로 나갔다 오는 수고를 덜었으니, 꼬마 일꾼들이 여간 고마운 게 아닙니다.

7월, 벼가 푸릇푸릇 예쁘게 자라면 김매기를 합니다. 우렁이와 미꾸라지를 먹으러 온 새하얀 백로들이 푸른 벼 포기 사이로 우아하게 걸어 다녀요. 백로처럼 우리도 벼 포기 사이를 천천히 걸으며 한 걸음마다 허리 숙여 풀을 뽑습니다. 자잘한 풀은 손가락으로 긁어 물장화 신은 발로 지그시 밟아 논흙 속에 묻고, 큰 풀은 손아귀에 모아 쥐었다가 멀리 논 밖으로 던집니다. 일 잘하는 우렁이가 피를 많이 먹어주어서 생각보다 김이 적어요. 벼 포기마다 새빨간 우렁이 알들이 다닥다닥 붙어 있어요. 새끼 우렁이들도 그새 많이 생겼더군요.

우리 논에는 미꾸라지도 많이 삽니다. 도랑에 어망을 놓고 몇 시간 후에 끄집어내니 미꾸라지가 바글바글해요. 어떤 건 뱀장어만큼이나 커서 깜짝 놀랐어요. 미리 준비해온 재료를 듬뿍 넣어 걸쭉한 추어탕을 끓였습니다. 우렁이도 한 바구니 주워 와서 해감시켜 삶았어요. 기껏 일 시켜놓고 잡아먹다니 우렁이한텐 미안한 노릇이었지만, 힘든 노동을 마친 이들에게는 작은 위로의 만찬이었습니다.

하루 종일 논물 위에 엎드려 피를 뽑으며 생각했어요. 밥이 내 입으로 들어올 때 이젠 이 모든 것들이 오버랩 될 거야, 라고요. 갓 발아한 볍씨, 연둣빛 모판, 발가락 사이로 감겨드는 논흙의 감촉, 흙때 낀 손톱, 끊어질 듯한 허리, 햇빛에 반짝이는 수면, 논둑을 걷는 아이들의 물그림자……. 체감의 영역으로 들어온 것들은 쉽게 망각되지 않습니다.

이제껏 사진으로 혹은 자동차로 스쳐 지나며 보아온 논, 황금 들판, 그리고 일하는 농부들의 풍경은 내 밥상의 밥 한 그릇과 이어지지 못했습니다. 왜 한 번도 밥에 대해 실감 있는 사유를 못 해봤을까요. 머릿속으로 아는 것의 뿌리는 참 얕아서, 알았다고 생각한 것이 사실은 모르는 것일 수 있겠구나 싶어요. 내가 보는 세상의 피상성, 상투화가 은폐하는 삶의 세부, '안다'는 생각이 일으키는 착시와 결여에 대해 생각했습니다.

결국 우리 각자는 커다란 그림의 일부만 볼 수 있을 뿐이다. (……) 인류의 지식은 한 사람 안에 담을 수 없다. 그것은 우리가 서로 맺는 관계와 세상과 맺는 관계에서 생성되며, 결코 완성되지 않는다. 그리고 궁극적인 진리는 이 모든 지식 위 어딘가에 있다.

— 폴 칼라니티, 『숨결이 바람 될 때』에서

세상의 모든 영역을 다 알거나 다 체험하는 것은 불가능할 뿐 아니라 필요하지도 않습니다. 다만 내가 알지 못한다는 그 사실만은 잊지 않기를, 아이 같은 호기심으로 배울 수 있기를, 좀 더 나은 존재로 진화하기를, 그리하여 광대한 우주 속 티끌의 일부, 촘촘한 연관 속에 기대고 사는 작은 그물코 하나, 그 미약하지만 고귀한 자리에 나라는 존재가 잠시 서 있다 갈 수 있기를 빌 뿐입니다.

칠성초와
오이꽃

겨울 기운이 채 가시지 않은 2월 말, 작년에 갈무리해 둔 고추씨를 꺼냅니다. 새해 첫 농사는 고추씨를 틔우는 일로 시작되지요. 씨앗을 젖은 거즈로 감싸 마르지 않게 물을 뿌려가며 열흘쯤 실내에서 돌보면 아기 이빨처럼 예쁜 촉이 나옵니다. 그것을 모종판에 심어 비닐집 안에 넣고, 영하로 떨어지는 밤 기온에 얼지 않도록 아침저녁으로 보온 덮개를 여닫으며 정성을 들여요. 칠성초는 초기 성장이 몹시 더딥니다. 모종판에서 2개월 넘게 키워도 종묘상에서 파는 개량종 모종의 절반 크기도 되지 않아요. 색깔조차 누릿해서 아주 볼품없지요. 오죽하면 동네 어르신께서 "제대로 크지도 못할 거, 엎어버려!" 하셨을까요.

그런데 참 신기해요. 모종판 위에선 그토록 형편없던 게 일단 땅에 뿌리를 내리면 몰라보게 강인해지거든요. 땅 힘을 받아 하루가 다르게 쑥쑥 커서 한여름이 되면 종묘상 고추보다 세가 더 왕성해집니다. 칠성초 고추는 희한하게도 고개를 빳빳이 치켜세우고 하늘에 삿대질하듯 자라요. 참 우스꽝스러워요. 고추 모양은 통통하고 고추 피는 두껍고 단단한데, 병치레도 덜할 뿐 아니라 서리 내리기 직전까지 쉼 없이 꽃을 피우고 고추를 매답니다. 대기만성형 저력을 지닌 고추랄까요.

씨앗을 받아 잇고 있는 우리 집 작물로는 토종오이도 있습니다. 처음 토종오이 씨앗을 발아시켜 키울 때, 사방팔방 뻗어나가는 오이의 줄기들을 어찌해야 할지 몰랐어요. 동네 어르신께 여쭤보니 "본줄기에서만 오이가 달리니까 그것 말고는 다 잘라!"라고 간단히 말씀하시더군요. 그래서 오이 곁줄기를 다 잘라내고 기다리는데 뭔가 이상해요. 아무리 기다려도 본줄기에서는 수꽃만 필 뿐, 꽃받침에 아기 오이가 매달린 암꽃은 하나도 안 생기는 거예요. 피지 않는 암꽃을 기다리다 지쳐 포기할 즈음, 방치된 오이에서 뻗어나간 곁줄기에 암꽃 하나가 매달린 것을 발견했습니다. 그제야 풀리지 않던 의문의 실마리를 찾았지요.

어르신이 이제껏 키워온 오이는 개량종이었던 거예요. 종묘상에서 파는 개량종 오이는, 어수선한 곁줄기가 도태되고 한 가닥 본줄기에서 오로지 암꽃만 핍니다. 수꽃도 없이 암꽃 혼자 오이를 매달아요. 사랑도 못 해본 오이지요. 하지만 토종오이는 본줄기에 수꽃들이 피고, 뻗어나간 곁줄기에 암꽃들이 맺힙니다. 그렇게 암수 오이꽃들이 서로 사랑을 나눠서 자식 오이를 만들지요.

토종오이는 크기가 작아요. 먹을 만큼 컸다 싶을 때조차 개량종 오이의 절반 크기에 불과해요. 그 시기를 놓치면 바로 노각이 됩니다. 작고 사랑스러운 토종오이의 달고 상큼한 맛을 어떻게 설명할까요. 한입 깨무는 순간, 이제껏 알아온 오이 맛이 얼마나 밍밍한 것이었는지 비로소 깨달았다면 짐작이 갈까요?

빼앗긴
씨앗

봄이 되면 재래시장이나 종묘상에 고추, 오이, 토마토, 호박, 가지, 쌈채소 등등 갖가지 모종과 씨앗들이 늘어선 채 손님을 기다립니다. 소규모 주말농장이나 작은 텃밭을 가꾸는 사람들도 이 시장을 찾지만, 아무래도 주요 고객은 농사를 본업으로 하는 시골 농부들이지요. 종자를 구입하는 일이 피할 수 없는 농사 과정의 일부가 되어버렸기 때문이에요.

불과 수십 년 전만 해도 농부가 돈 주고 종자를 산다는 건 상상조차 할 수 없었습니다. 농부의 한 해 농사는 지난해 갈무리해둔 씨앗 주머니를 여는 일로 시작해 수확한 작물에서 건강한 종자를 골라 갈무리하는 일로 끝났으니까요. 옛말에 "농부는 굶어 죽어도 종자를 베고 죽는다."고 했어요. 농부에게 종자란 가족의 목숨을 지키고 자손의 살 길을 이어갈 명시적 희망이자 어떤 고난에도 포기할 수 없는 마지막 보루였지요.

그러나 옛사람들이 목숨만큼 귀히 여겨온 우리 종자는 지금 농민들의 손에서 거의 떠난 상태입니다. 다수확 신품종, 병충해에 강한 종자라는 기업의 선전과 정부의 권장 정책 아래 초국적 종자 기업의 종자가 광범위하게 보급되었고, 토종 종자들은 비효율적이고 수확량이 떨어진다는 이유로 서서히 명맥이 끊어졌어요. 우리 땅에서 수백 수천 년간 이어져온 재래종의 74퍼센트가 현재 사라진 상태입니다.

콩이나 팥, 조나 수수 등의 곡류는 종자를 먹기 때문에 아직도 농가에서 자가 채종을 많이 해요. 하지만 토마토, 고추, 오이, 배추, 무, 피망 등 채소류 작물들은 대부분 종자 기업이 파는 잡종 작물이지요. 이 잡종 작물은 채종을 해도 다음 해 발아가 안 되거나 열매가 잘 맺히지 않습니다. 종자 기업이 씨앗의 DNA를 재설계해서 스스로 번식하지 못하는 불임 식물을 만들었기 때문이에요.

종자 기업은 신품종을 개발하는 한편 독점적 특허를 내세워 종자 값을 올립니다. 무씨 몇십 알이 1만 원을 넘고, 파프리카 씨앗은 1그램당 10만 원이 넘어요. 더구나 이런 종자들은 농약과 화학 비료에 의존하도록 개량되어 있어서, 종자와 함께 농약과 비료를 패키지로 파는 종자 기업의 이윤을 다각도로 높입니다. 일례로 초국적 기업 몬산토는 주위의 모든 식물을 죽일 정도로 강력한 독성을 가진 라운드업 제초제와 그 제초제에도 죽지 않는 라운드업 레디 콩 종자를 함께 팔고 있지요.

거대 농기업들은 종자를 먹거리가 아닌, 이윤을 가져다

줄 상품으로 본다. 농사를 위해 뿌린 씨앗이 다시 씨앗으로 뿌려질 수 없도록 만드는 터미네이터 기술, 자기 회사의 농약을 사용해야만 싹이 트게 하는 트레이터 기술…… 부모 세대의 생명이 다음 세대의 생명으로 이어지는 생물체의 자연 속성마저 기술로 제어하고 이를 통해 이윤을 얻으려 한다. (……) 종자 전쟁의 결과는 두 가지밖에 없다. 사람을 위한 먹거리가 남을 것인가, 기업의 이윤이 남을 것인가? 우리는 선택의 기로에 서 있다.

– KBS 스페셜 '종자, 세계를 지배하다' 제작팀,

『종자, 세계를 지배하다』에서

오래전부터 농민들은 수확한 종자 중에서 실한 씨앗을 고르거나 꽃가루를 옮기는 방식으로 몇 대에 걸쳐 우수한 형질의 종자를 얻어 왔어요. 그러나 유전자조작생물체GMO는 그러한 전통적인 육종 방식이 아닌, 자연적으로는 교배가 불가능한 특정한 형질의 유전자를 다른 생명체에 집어넣어 인위적으로 개발한 생명체입니다. 종자 기업은 그들이 '발명'한 GMO 생명에 대해 '지적 소유권'을 주장하지요.

대를 이을 종자를 잃어버린 농부들은 해마다 종자 기업의 종자를 사지 않을 수 없어요. 엄청난 비용이 종자 로열티로 지불되고 있지요. 자료에 따르면 2001년에 국내 농가가 종자 로열티로 지불한 금액이 5억 5000만 원이었는데 2010년에는 218억 8000만 원으로, 9년 만에 40배가량 늘었어요. 2022년엔 7970억 원이라는 엄청난 액수를 지불해야 할 거라고 합니다. 종자의 주인이 농민으로부터 초국적 종자 기업으로 넘어가버린 것이지요.

GMO는 프랑켄푸드Frankenfood라고 불려요. 자기가 만든 괴물을 통제할 수 없었던 프랑켄슈타인처럼 실험실을 벗어난 종자들은 이제 사람의 통제 범위를 넘어서고 있는 듯합니다. GMO가 바람에 날리거나 곤충과 새들에 의해 옮겨지면서 자연 상태의 식물 유전자까지 오염될 위험에 처했어요. 촘촘히 연결되어 상호 영향을 주고받는 생태계의 고리가 인위적으로 파괴될 때 인류를 포함해 지구상의 생물 종들이 얼마나 치명적인 후과를 받게 될지 차마 예측조차 두렵습니다.

박테리아가 지닌 독성 유전자를 면화와 옥수수의 유전자에 삽입하여 벌레가 먹으면 죽는 식물을 개발하는 것부터 무르지 않는 토마토, 수박만 한 감자, 보통 크기의 30배가 넘는 슈퍼 연어, 제초제에 죽지 않는 콩, 고농축 비타민을 함유한 채소가 과연 인류의 생활에 꼭 필요한지도 의문스럽다. 단지 인간의 '편리함'을 위해서 새로운 종의 동식물을 개발하는 것이 허용되어야 할까?

- KBS 스페셜 '종자, 세계를 지배하다' 제작팀, 앞의 책

한 알의 씨앗에 담긴
생명의 미래

종자 주권은 농민만의 문제가 아니지요. 수입된 GMO는 도시민과 농민을 가리지 않습니다. 가공식품들에 버무려진 식품 첨가물, 식용유나 간장의 원료, 동물의 사료를 통해 고기와 알로 변신한 GMO 콩과 옥수수 등이 우리 밥상 깊숙이 들어와 있어요. 기업들은 이익을 많이 남기기 위해 값싼 GMO 농산물을 대량 수입해 가공식품의 원료로 씁니다. 정부는 국내산 쌀이 남아도는 데도 밥쌀을 수입하고, 가공식품의 원료 표시 의무제도 허술하기 그지없습니다. 심지어 농촌진흥청은 몬산토와 같은 거대한 초국적 종자 기업들의 논리를 옹호하며 GMO 벼를 비밀리에 시험 재배까지 하고 있지요. 가만히 있다가는 밥까지 GMO를 먹게 생겼습니다.

농부는 벼를 수확한 후 내년 농사를 위해 종자로 쓸 볍씨 한 자루를 남겨요. 그런데 자연스런 생명을 이어갈 볍씨마저 사라

진다면 우리의 식량과 후손들의 미래는 어찌 될까요. 인류의 어리석음과 탐욕이 가져올 재앙이 눈앞에 다가오고 있습니다. 먹거리를 지배하고 삶을 위협하는 기업 권력과 정치 권력이 이익을 중심으로 단단히 밀착되어 우리의 삶을 망가뜨립니다. 우리가 정치를 외면할 수 없는 이유입니다.

초국적 종자 기업의 탐욕과 정부의 무책임에 맞서 우리나라 토종 종자를 지키고 발전시키는 일에 헌신하고 있는 사람들이 있습니다. 지난 20년간 전국을 돌며 토종 종자를 수집해온 안완식 박사(토종 종자 모임 씨드림 대표)와 토종 종자를 지키는 사람들은 '1농가 1토종 지키기 사업'을 통해 종자를 보존하고 나누어 늘려가고 있어요. 지금 우리가 받아 잇고 있는 칠성초와 토종오이도 그분들이 나눠준 생명입니다.

토종은 모양도 덜 예쁘고 크기도 작고 수확량도 떨어지지만 이 땅의 생태계에서 수천 년간 적응과 진화를 거듭해온 종자라 병충해에도 잘 견디고 유기 농업에도 적합해요. 토종 종자와 채종법에 대한 책을 읽으며 내가 지닌 씨앗을 점검해봅니다. 이 한 알의 씨앗에 담긴 생명의 가능성이 곧 미래예요. 토종 종자를 잇는 일, 종자 주권을 지키는 일, 지속 가능한 농사를 짓는 일, 건강한 먹거리를 얻는 일이 다 하나로 통한다는 생각이 드는군요.

우리의 살은 그들의 살이다

굳어진 관념을 깨는 살림의 감정

달걀을
세울 수 없다고?

아이 간식으로 달걀을 삶아 에그샌드위치를 만들었습니다. 샌드위치를 맛있게 먹은 아이가 남은 달걀 하나를 식탁 유리판 위에 조심조심 세울 때만 해도, 귀여운 장난이라는 생각만 했지 달걀이 서리라곤 상상도 하지 않았지요. 그런데 순간, 깜짝 놀랄 일이 벌어졌어요.

"엄마! 달걀이 섰어!"

"와⋯⋯."

믿어지지 않았어요. 달걀은 세울 수 없다고 다들 말하잖아요. 삶은 달걀이라서 선 걸까? 날달걀은 안 되지 않을까? 긴가민가

닭장에서 갓 꺼낸 달걀 하나를 식탁 유리 위에 세웠습니다.
표면이 우둘투둘한 달걀이에요. 마치 작은 행성 같아요.

싶어서 다음 날 둥우리에서 갓 꺼내온 달걀을 조심조심 세워봤습니다. 와! 달걀이 섰어요! 어떻게 이런 일이 가능할까요?

비밀은 달걀 아랫면에 있었어요. 우리 닭이 낳은 알 중에는 간혹 표면이 우둘투둘한 게 있거든요. 그 우둘투둘한 돌기들이 지지대 역할을 한 것이죠. 혹시나 싶어 촉감이 거칠거칠한 달걀도 세워봤습니다. 역시 쉽게 서더군요. 아이의 호기심 덕에 신기한 경험을 했네요. 직접 해보는 것이 안 하고 그저 믿어버리는 것보다 낫다는 생각이 들었습니다.

콜럼버스는 달걀을 깨뜨려 세워 고정관념을 깼다지요. 오래전 그 이야기를 처음 들었을 때 어처구니없어 했던 기억이 납니다. 어린 마음에도 편법이 정답인 양 인정되는 게 이해되지 않았어요. 콜럼버스의 방법은 폭력적인 편법이에요. "안 되면 되게 하라!"는 군대식 구호랑 닮았어요. 처지와 조건을 고려하지 않고 힘으로 밀어붙이는 강압이 느껴집니다. 그런 무지한 강압에 의해 짓밟히고 부서진 삶이 어디 한둘인가요.

제국주의 침략과 학살조차 진취와 역동인 양 합리화해온 서구 중심의 근대적 세계관에 걸맞게 콜럼버스 이야기는 고정관념을 타파하는 신화처럼 유포되고 고착되었지만, "달걀은 깨뜨려야만 세울 수 있다." 역시 또 다른 고정관념이에요. 가능한 의심

여름

과 탐구를 차단한다는 점에서 고정관념이란 참 무섭지요.

알껍데기를
깨다

3주 전 포란을 시작한 암탉의 둥우리에서 드디어 병아리들이 깨
어나기 시작했습니다. 병아리가 꼭 봄에만 나오는 건 아니에요.
부지런한 어미 닭은 봄 여름 가을 세 번 정도 알을 품고 병아리
를 깝니다.

　따뜻한 어미 배 밑에서 젖은 털을 말리는 병아리들이 조금씩
보여요. 몇 마리가 깨어났는지는 아직 알 수 없어요. 다음 날 아
침이 되자 어미가 둥우리 밖으로 새끼들을 데리고 나왔습니다.
그 모습을 보고서도 뭐가 바빴는지 둥우리 안을 제대로 살피지
못했어요. 오후가 되어서야 닭장으로 갔다가 빈 둥우리에 차가
워진 알 몇 개가 남은 걸 발견했습니다. 안타깝게도 너무 늦게
봤네요. 아직 깨지 못한 걸로 봐서 곯은 알일 가능성이 컸지만,
혹 병아리가 들었다 하더라도 이미 저체온증으로 살아날 가망은
없는 상황이었지요.

　곯았거나 죽었을 거야……. 포기하는 심정으로 내다버리려고

알 한 개를 집어든 순간, 환청처럼 "삑-" 하는 소리가 났어요. 설마! 잘못 들은 건 아닐까? 알을 살짝 흔들어보았습니다. 찰랑거리지 않는 걸 보니 곯은 건 아니었어요. 그래도 이렇게 차가워졌는데……. 내가 잘못 들은 걸 거야. 그렇게 생각하면서도 혹시나 하는 마음에 알을 귀에 갖다 대었습니다. 아! 알 속에서 아주 작은 소리가 들려왔어요. "톡톡, 톡톡톡, 톡, 톡……." 사력을 다해 알껍데기를 두드리는 소리였죠. 살아 있구나!

옷자락에 알들을 감싸 안고 다급히 닭장을 나왔습니다. 다른 알들에서는 소리도 미동도 느껴지지 않았지만 그 알은 달랐어요. 한참 동안 내 손의 체온으로 덥혀준 후 박스에 자리를 깔고 백열등을 켜 놓았습니다. 따뜻하게 해주니 알껍데기를 아주 빠른 속도로 깨나갑니다. 알껍데기의 중앙부가 일렬로 금이 가면서 들썩들썩해요. 그 틈새로 병아리의 젖은 깃털이 보이고요. "삐악- 삐악-!" 울음소리가 점점 맹렬해졌습니다. 이윽고 알껍데기가 쩍 갈라지더니 녀석의 머리가 솟구치듯 나왔어요. 그러곤 조그만 날개를 힘겹게 빼내 파닥거리더군요. 마지막으로 발버둥을 치며 알껍데기를 밀어냅니다. 드디어 알 속에서 다 빠져나왔어요. 정말 대단한 녀석이에요!

줄탁동기啐啄同機라는 말이 있지요. 기회 기機 대신, 때 시時를

여름

써서 줄탁동시라고도 해요. 병아리가 안에서 알껍데기를 깨고 나오려 하면 어미 닭이 밖에서 알을 쪼아 돕는다는 말로 깨우침과 관련된 선종의 공안이지요. 그러나 나는 지금껏 어미 닭이 알껍데기를 쪼아 알 속의 병아리를 돕는 걸 본 적이 없어요.

때가 무르익으면 알 속의 병아리는 서서히 움직여 웅크린 몸을 속껍질과 분리하면서 난치로 알껍데기를 톡톡 깹니다. 그때 그에게 필요한 건 체온을 지켜주는 온도, 알 밖으로 나가려는 본능, 그리고 그 일에 필요한 충분한 시간이지요. 밖에서 돕는답시고 알껍데기를 깨주면 병아리는 피 흘리며 죽습니다. 병아리는 처음부터 끝까지 제 부리로 알껍데기를 깨고, 제 두 다리로 발버둥 쳐 나와요. 그래서 나는 저 공안의 뜻은 알겠으나 그 비유가 병아리의 파각에서 비롯된 연유를 도무지 모르겠어요.

21일을 뜨겁게 품어 그 몸의 형성을 돕는 건 어미의 일, 알껍데기 깨고 나와 한몫의 생을 사는 건 스스로의 일입니다.

이윤을 위해
만들어진 닭들

봄 햇살이 따스하게 내리쬐고 밭둑에 봄풀들이 솟아오르면, 암

닭들은 가슴 아래 소중히 알을 끌어안고 여간해선 둥우리를 떠나지 않아요. 21일이 지나면 솜털 보송보송한 앙증맞은 병아리들이 어미의 날개 밑에서 쏙쏙 고개를 내밉니다. 난치가 솟은 작은 부리와 새까만 눈망울이 또록또록 귀여워요.

사나흘쯤 지나면 병아리들은 조그만 날개를 파닥이며 풀밭을 내달리고, 작은 발로 야무지게 흙을 헤집어 벌레를 찾고, 어미와 함께 마당에 누워 흙목욕을 합니다. 쑥쑥 성장한 병아리들은 늦가을쯤 성숙한 암탉과 수탉이 되어 짝짓기를 하고 알을 낳아요. 그리고 이듬해 봄이 되면, 제 어미가 그랬듯이 따스한 봄기운에 취해 알들을 끌어안지요. 해마다 지켜보는 우리 집 닭장의 평화로운 풍경입니다.

알을 품어 병아리를 키우는 동안 암탉은 달걀을 낳지 않아요. 마치 임신기와 수유기에 배란이 멎는 여성처럼요. 그 기간이 최소한 두 달이니, 달걀을 대량 생산하려는 사람들은 이렇게 '비효율적'인 암탉의 몸을 그냥 둘 수 없었지요. 결국 암탉의 유전자를 조작해 알 품는 본능을 제거합니다. 그렇게 탄생한 닭이 달걀만 낳는 산란계예요.

산란계의 병아리들은 부화기에서 깨어나자마자 곧바로 감별사의 손에 의해 암수가 구별됩니다. 수평아리는 곧바로 거대한 통이나 비닐에 차곡차곡 쌓여 질식사하거나 살아 있는 채로 분쇄기에 던져져요. 목숨을 부지한 암평아리들은 '부리 자르기'를 당합니다. 비좁은 공간에 집어넣어져 사회적 위계와 서열이 무너진 닭들이 엄청난 스트레스를 견디지 못하고 서로를 쪼아대는 걸 방지한답시고 사람들이 고안해낸 방법이에요. 이 과정에서 병아리들에게는 어떠한 진통제도 투여되지 않습니다. 부리 끝을 잘린 병아리는 고통 때문에 제대로 먹지 못해요. 심한 경우 굶어 죽기도 합니다.

첫 알을 낳을 때가 되면 암탉은 비좁은 배터리 케이지에 갇혀요. 암탉 한 마리당 A4용지의 절반이 채 안 되는 공간이 주어집니다. 이런 배터리 닭장을 8단까지 쌓아 건물 한 동에 10만 마리까지 수용하는 과밀한 사육장도 우리나라에 많습니다. 약물 없인 버티기 어려운 과밀 환경 속에서 암탉들은 인공의 빛 아래 산란촉진제와 항생제 등을 투여받으며 한 몸뚱이가 부서지도록 알을 뽑아내지요.

사람들은 닭고기를 대량 생산하기 위해 단기간에 살이 찌는 육계도 만들었어요. 육계는 전통적인 닭에 비해 두 배의 속도로 두 배나 크게 자라요. 게다가 닭가슴살을 선호하는 수요에 맞추려고 몸무게의 절반이 가슴살에 몰리도록 개량되었지요. 급성장의 결과 육계들은 몸무게를 지탱하지 못해 다리를 절어요. 질병에 대한 면역 체계도 떨어져 6주를 넘기면 죽기 시작합니다. 죽어서 발생하는 재산 손실을 줄이고 사료를 절감하기 위해 육계의 도살 나이는 점점 빨라지고 있지요. 실제로 우리나라 양계업계의 한 자료에 따르면 20일이면 삼계탕용으로, 30~33일이면 일반 치킨용으로 출하 가능하다고 하는군요.

> 산업적인 공장식 사육장은 동물들을 감정을 가진 대상으로 대해서는 이익도 효율도 낼 수 없다. 그래서 그들은 동물들을 사료를 투입하면 고기나 젖 또는 달걀을 만들어 내는 단순한 기계로 대한다. 아무런 감정도 권리도 없는 한낱 자동판매기로 취급하는 것이다.
> – 제인 구달 · 게리 매커보이 · 게일 허드슨, 『희망의 밥상』에서

에릭 마르쿠스의 책 『자연을 닮은 식사』에는 닭뿐 아니라 소와 돼지, 젖소 등의 동물에게서 사람들이 어떻게 달걀과 고기와 젖을 '뽑아내는지' 그 실상이 적나라하게 나와 있습니다. 가축과 농장은 사라지고 사육 공장이 들어선 오늘의 현실을 카메라로 찍듯이 비춥니다. 비좁은 케이지에 갇혀 알만 뽑아내다가 짧은 생애를 마치는 닭, 알에서 깬 지 한 달 만에 도살되는 비대한 병아리, 태어나자마자 어미 젖도 못 먹고 도축되는 송아지, 우유

생산을 위해 임신과 출산을 반복해야 하는 젖소, 살찌우기 위해 평생토록 움직이지 못하는 틀에 갇혀 지내는 돼지……. 직시하기 쉽지는 않지만, 이것은 우리의 일상, 우리의 음식, 우리의 몸과 긴밀히 연결된 고통입니다.

꼭 필요한 연민, 살림의 감정

먹거리와 농사, 땅에 대한 성찰이 담긴 책 『온 삶을 먹다』에서 저자 웬델 베리는 "농사를 잘 짓는 일은 동식물을 가릴 것 없이 모든 생명에게 정성을 들이는 일"이라며 "꼭 필요한 연민", "살림으로서의 농사를 하면서 가져야 할 감정"을 설명할 방법을 찾다가 테리 커민스의 글에서 그 답을 찾습니다.

> 자기가 다른 것들의 기분을 좋게 해준다는 걸 알게 되면, 자기 기분도 좋아진다. (……) 지치고 더워하는 말에게 땀에 절은 마구를 벗겨주는 게 특별히 주목할 일은 아닐 것이다. 찬비를 맞으며 바깥에 서 있는 양에게 외양간 문을 열어주는 것, 닭에게 모이 몇 알을 던져주는 것은 작은

일이다. 하지만 이런 작은 일들이 자기 안에 쌓이면, 자기
가 중요한 존재라는 걸 이해하게 된다.

— 웬델 베리, 『온 삶을 먹다』에서

기분 좋은 이 느낌을 나는 알아요. 아파서 죽어가는 병아리를
며칠간 돌봐 살려낼 때의 기쁨, 새끼 낳은 개를 위해 음식을 준비
할 때의 행복감, 배고픈 길고양이에게 먹을 걸 나눠줄 때 가슴에
번지는 온기……. 다른 존재의 행복이 곧 나의 행복이 되는 순간
을 경험하면서 생명을 대하는 태도를 배웁니다. 동물에게 잔인
한 사람이 사람에게는 따뜻할까요. 길고양이를 죽이고 강아지를
학대하는 사람의 마음에 평화가 있을까요. 다른 생명에게 가혹
할 때 인간은 황폐해집니다. 나와 이 세계는 긴밀히 연결되어 있
으니까요.

생명이 진화에 의해 연속된다는 사실을 받아들인다면 다
른 동물에게 공감의 문을 닫을 수 없다. 우리의 살은 그들
의 살이요. 우리의 신경은 곤충의 신경과 같은 설계도에
따라 만들어졌다. (……) 인간 아닌 동물에게 고통의 무
게가 가벼우리라고 생각할 근거는 전혀 없다.

— 데이비드 조지 해스컬, 『숲에서 우주를 보다』에서

기름진 식단을 위해 동물을 가혹하게 다루는 세상, 지구 한쪽에서 사람들이 굶주려 쓰러지는 세상은 행복하지 않아요. '고통의 고기'를 대량 소비하는 육식의 습관을 조금씩이라도 바꿔나가는 일, 동물에게 극심한 고통을 가하는 공장식 사육 방식에 대해 문제의식을 갖는 일, 달걀 하나를 사더라도 좀 더 건강한 사육 환경에서 생산된 달걀을 선택함으로써 닭들의 사육 환경을 개선시키는 일……. 사소해 보이지만 지금 내가 할 수 있는 '작은 일'을 하는 것, 이것이 웬델 베리가 말한 '꼭 필요한 연민'이자 '살림의 감정'이며, '중요한 존재'로서의 자기 긍정일 것입니다.

잘 썩는 것은 좋은 일

먹을거리 갈무리하며 부패를 생각하다

모든 풀은
살이다

마늘, 양파, 감자 거두고 난 밭 자리 여기저기에 쇠비름이 방석처럼 퍼졌습니다. 풀을 매면서도 무성한 돌피와 바랭이만 뽑아내고 쇠비름은 그냥 뒀지요. 김장 배추와 무, 열무, 쪽파 등을 심는 8월 말까지는 다른 작물과 경쟁할 일도 없으니 그냥 자라게 두었다가 효소를 담그려고요.

쇠비름은 예로부터 장명채長命菜라고 불렸습니다. 꾸준히 먹으면 머리칼도 덜 희어지고 무병장수한다고 그런 이름이 붙었다지요. 오행초五行草라고도 해요. 잎은 푸르고 줄기는 붉고 꽃은 노랗고 씨앗은 검고 뿌리는 희어서, 음양오행에서 말하는 다섯 가지 기운이 다 갖춰져 있다고 합니다. 만성 장염, 피부염, 저혈압, 여성 질환에도 효과가 좋대요.

해마다 6월이면 쇠비름 효소를 담급니다. 여름 땡볕에 땀 흘려 일한 후 잘 숙성된 쇠비름 효소를 물에 희석해 마시면 피로가 확 풀려요. 통통한 줄기와 잎사귀에 수분이 그득해 막 뽑아 내던져도 좀체 시들지 않는 풀, 쇠비름은 잡초가 아니라 약초입니다. 씨 뿌리지 않은 풀 중에 가장 고마운 풀이지요.

어성초魚腥草도 무섭게 퍼졌어요. 이름에서 알 수 있듯이 '생선비린내풀'이지요. 꽃은 예쁘지만 생초를 만지면 생선 비린내가 역합니다. 어찌나 강인하게 번지는지 제거하기도 힘들어요. 어성초의 비린내는 '데카노일 아세트알데히드'라는 성분 때문이라는데, 피부 염증이나 해독에 탁월한 효과를 내는 천연 항생제라는군요.

뜰과 밭을 가리지 않고 번져가는 어성초를 있는 대로 캐내어 잘 씻은 후 그늘에 말렸습니다. 어성초는 말리면 냄새가 나지 않아요. 익히거나 효소를 담가도 냄새가 사라집니다. 피부에 좋은 풀이라 비누 원료로도 인기가 높아요. 말린 어성초를 이웃께 한 봉지 드렸더니 그걸로 어성초 비누를 만들어 주시더군요. 어성초를 끓인 물을 희석해 목욕을 하거나, 말린 잎으로 차를 달여

마셔도 좋다고 해요.

물것들이 왕성하게 활동하는 한여름, 바르는 외용액을 약국에서 사는 대신 어성초 연고를 집에서 만들었어요. 어성초를 은박지로 감싸서 푹 찌면 질긴 줄기는 자연스럽게 분리되고 잎만 으깨져서 연고처럼 됩니다. 모기나 개미에 물렸을 때 바르니 신기하게도 가려움증이 금세 가라앉았네요. 다만, 바른 자리가 덕지덕지 지저분해지는 건 감수해야 해요.

성경의 비유인 '모든 살은 풀이다'라는 말은 말 그대로 받아들일 수 있다. 우리가 먹는 거의 모든 것은 식물 자체이거나 식물을 먹고 사는 동물이기 때문이다. (······) 지구를 농구공 크기로 줄여서 볼 경우, 지표면의 토양은 원자 크기밖에 되지 않을 것이다. 그런데도 우리는 농약을 쳐가며 농사를 짓고 독성 쓰레기를 내버림으로써 그 박약한 토양층을 망가뜨리고 있다. '정말' 모든 살이 풀이라면 풀을 더 잘 보살피는 것은 우리의 관심사가 아닐 수 없다.
– 데이비드 스즈키·웨인 그레이디, 『나무와 숲의 연대기』에서

풍요로운
열매의 계절

뜰보리수 가지마다 붉은 열매가 다닥다닥 매달려 휘늘어졌습니다. 화사한 연등을 매단 초파일의 절 마당 같아요. 바구니를 들고 나가 붉어진 열매를 하나 둘 손으로 땁니다. 비 온 후 하늘은 바람 한 점 없이 개었고, 습기 머금은 땅에서는 풀 냄새 흙냄새가 올라옵니다.

고개 들어 위쪽에 매달린 열매를 따고 있는데, 풀어놓은 닭들이 내 발치에 몰려들어 아래쪽 늘어진 가지의 열매를 열심히 따 먹네요. 처음엔 부리가 닿는 열매를 쪼더니 나중엔 팔짝팔짝 뛰어서 따 먹고, 급기야 낮은 가지에 뛰어 올라가서 쪼아 먹어요. 닭들이 뜰보리수 열매를 이렇게 잘 먹는 줄 몰랐네요. 대장 수탉은 뜰보리수 열매를 따서 암탉들의 부리 앞에 "꼬오- 꼬꼬" 놓아주는 자상함까지 보여줍니다. 잘 익은 뜰보리수 아래에서 닭들의 로맨스가 무르익어갑니다.

뜰보리수 열매는 달콤하면서도 뒷맛이 약간 떫어요. 그 옛날 학교 앞에서 할머니들이 팔던 '포리똥' 열매가 바로 이 보리수 열매였다는 걸 어른이 되어서야 알았어요. 어렸을 땐 이 빨간 열매가 파리의 똥과 무슨 관계가 있을까 궁금했었는데 말예요.

두어 시간 걸려 붉은 열매를 한 바구니 가득 땄습니다. 수돗
가에서 맑은 물에 헹궈 잡티를 골라낸 후 집 안으로 가지고 들어
와 효소를 담갔지요. 가래를 삭히고 혈액 순환을 원활히 해준다
니, 손발이 찬 내 몸에도 도움이 될 것 같아요.

뜰보리수가 익어갈 때면 오디도 익습니다. 이 무렵엔 오디를
따 먹느라 손톱 밑과 입술이 새카매요. 오디는 정말 달고 맛있어
요. 식탁 위에 놓고 오며가며 집어 먹고, 냄비에 졸여 오디 잼도
만듭니다. 그러고도 남는 오디는 냉동시켰다가 한겨울에 싱싱한
오디 샐러드를 즐기지요.

앵두와 블루베리도 거의 동시에 익어가요. 새들이 이 풍요로
운 시기를 놓칠 리가 없지요. 아침마다 한 상 가득 차려진 나무
들 사이로 식사를 하러 온 새들의 날갯짓이 바쁩니다. 이 무렵
새들은 새똥마저 총천연색으로 눠요.

매실도 한 양동이 땄습니다. 통째로 매실청을 담그면 쉽긴 하
지만, 나는 되도록 과육만을 분리해서 담가요. 담글 때는 손이
많이 가지만 100일 후에 걸러낸 과육으로 장아찌를 만들 수 있
거든요. 매실 씨도 버리지 않습니다. 압력솥에 푹푹 삶은 후 고
무장갑을 끼고 바락바락 여러 번 문질러 씻어요. 씨에 붙어 있는
과육이 물러져서 다 벗겨질 때까지요. 깨끗해진 매실 씨를 채반

에 널어 바싹 건조시킵니다. 잘 마른 매실 씨를 베개 속에 넣고 무명천으로 지은 베갯잇을 씌워주면 한여름에 시원하게 벨 수 있는 매실 씨 베개가 되지요.

햇살이 베풀어준
소박한 저장법

고추가 익기 시작합니다. 붉게 익은 고추를 따서 그늘에 하루쯤 두었다가 맑은 물에 헹구어서 햇살에 말립니다. 고추는 늦여름부터 늦가을까지 여러 차례 수확할 수 있어요. 고추를 따서 고르다 보면 군데군데 탄저병이 들었거나 벌레 구멍이 난 것들이 있습니다. 구멍 난 고추를 가위로 가르니 담배나방 애벌레가 두어 마리 들어앉아 있네요. 대체 이 벌레의 살갗은 어떤 물질로 이루어졌기에 이토록 매운 고추를 집으로 삼았을까요. 매운 고추에 살갗을 데어본 나로서는 이 조그만 벌레의 체질이 감탄스러울 뿐입니다.

시골살이 초반, 아랫집 할머니네 김치 담그는 걸 도운 적이 있어요. 꽤 많은 양의 붉은 고추를 썰어 믹서로 갈았는데, 별 생각 없이 맨손으로 그 일을 했었지요. 그날 밤, 손가락이 어찌나 아프고 뜨거운지 한숨도 못 자고 밤을 꼬박 샜습니다. 찬 우유가 미지근해지도록 손가락을 담갔다 빼기를 반복하고, 비닐봉지 안의 얼음덩어리가 다 녹도록 조몰락거렸지만 손끝이 활활 불붙어 타는 듯한 통증은 여간해서 가라앉지 않더군요.

그때 불현듯 엄마 생각이 났어요. 어렸을 때, 김치 담근 날 밤에 엄마가 "아이고, 어찌나 뜨겁고 아픈지 아주 홀딱홀딱 뛰것다." 하시며 두 손을 어찌하지 못해 울상이 되어 쩔쩔매시던 그 모습이요. 엄마의 손끝은 평소에도 생살이 쩍쩍 갈라져서 반창고로 동여매져 있었는데, 얼마나 아팠을까요. 얼마나 뜨거웠을까요. 우리나라에 처음 고무장갑이 생산된 게 70년대 후반이라고 해요. 고무장갑도 없던 시절, 이 나라 여자들은 어떻게 김치를 담갔을까요. 어떻게 얼음 빨래를 했을까요.

혹독한 통증을 직접 경험한 후에야 그 옛날 엄마의 고통을 이해합니다. 안타깝게도 우리는 직접 겪어보기 전엔 타인의 고통을 잘 몰라요. 짐작하고 상상할 순 있지만 동통을 느끼긴 무척 어렵습니다.

하늘은 높고 햇살은 눈부신 날, 붉은 고추를 갈대발에 펼쳐 넙니다. 무릎 꿇고 엎드려서 고추를 낱낱이 펼치고 있자니 어깨와 잔등에 뜨거운 햇살이 쏟아져요. 이즈음 건조한 공기와 뜨거운 태양의 열기는 그냥 보내기엔 너무 아까워요. 고추만 말리는 게 아니라, 땀에 젖은 옷들과 눅눅한 이불도 산뜻하게 빨아 널고, 겨울 솜이불과 솜베개도 꺼내 햇살에 소독합니다. 이 강렬한 볕은 설익은 곡식을 여물게 하고 모든 축축하고 습한 것들을 바스락바스락 말려 버리지요.

텃밭의 가지도 쉬지 않고 달립니다. 덤불 속 애호박도 주렁주렁 맺히고요. 한꺼번에 다 먹을 재간이 없으니 부지런히 썰어서 말립니다. 오이와 토마토도 날마다 따줘야 해요. 오이는 소금물에 삭히거나 식초를 이용해 피클을 만듭니다. 토마토로는 잼을 만들어요. 십자로 칼집을 내어 뜨거운 물에 데쳐 껍질을 벗긴 후 냄비에 넣고 설탕과 함께 졸입니다. 토마토 잼은 씹히는 식감도 좋고 맛도 아주 좋아요.

아주까리도 무성하게 자랐어요. 아주까리는 피마자라고도 부르지요. 얼룩무늬 콩 모양의 씨앗으로 짠 기름은 약재로 써요. 오래전 할머니가 쪽진 머리 단정히 매만질 때 피마자기름을 바르시던 기억이 납니다. 엄마는 집 마당에 훌쩍 자란 아주까리 잎을 삶아서 줄에 길게 꿰어 처마 그늘에 걸어놓고 말리셨지요. 아주까리 묵나물을 집간장으로 밑간해 들기름에 달달 볶아 먹으면 씹히는 식감도 좋고 고소하니 참 맛있어요. 그 옛날 엄마가 생각나서, 새파란 가을 하늘 아래 손바닥을 활짝 펼친 이파리들을 뚝

뚝 따서 데쳐 갈대밭 위에 펼쳐 널었습니다. 하루 만에 바삭하게
말랐어요. 말린 아주까리, 말린 가지, 말린 호박은 내년 정월 대
보름에 오곡밥과 잘 어울리는 나물 반찬이 될 거예요.

부패가 생명을 가능케 한다

지독한 폭염의 날들이 이어졌습니다. 에어컨 없이는 견디기 힘
든 무더위에 전기 소비량이 폭발적으로 늘었다고 연일 뉴스에서
떠들어대고 있었지요. 가만히 있어도 땀이 비 오듯 쏟아지는 불
볕의 나날, 남편은 공원이나 도로변의 잡목과 풀을 예초기로 베
는 공공 근로 일을 한 달째 하고 있었습니다.

　공공 근로 작업을 마치던 날, 남편이 이것 좀 보라며 어이없
는 표정으로 빵 한 개를 가져왔어요. 마트에서 쉽게 살 수 있는
모 제빵 회사의 빵이었지요. 보름 전쯤 면사무소에서 간식으로
나눠준 빵인데 그날따라 먹기 싫어서 트럭 짐칸에 던져두고는
깜박 잊어버렸다는 거였어요. 트럭 짐칸에 던져진 빵은 폭염의
나날을 땡볕에서, 혹은 찜통 같은 비닐집 안에서 무려 보름간 방
치되었습니다. 그런데 놀랍게도 빵은 조금도 상하지 않았어요.

겉보기에도 곰팡이 자국 하나 없이 멀쩡했고 냄새나 맛도 새것과 별로 다르지 않았습니다. 충격이었지요. 상하지 않는 빵이라니, 재앙 같았어요.

오랜 세월, 사람들은 풍족할 때 저장했다 부족할 때 꺼내 쓰는 여러 방법을 고안했어요. 건乾, 염鹽, 당糖, 산酸, 훈연 저장법 등은 그렇게 이어져 내려온 인류의 지혜이지요. 햇살과 바람과 땅이 내어준 먹을거리에 감사하며 겨우살이를 준비하는 이 소박한 저장법은, 내 손으로 거둔 먹을거리를 내 가족과 이웃을 위해 갈무리하는 가장 자연스러운 방법이었습니다. 그러나 모든 것을 돈벌이를 위한 상품으로 만들어버리는 자본주의 시장경제에서는, 이와는 차원이 다른 방부 처리를 먹거리에 해대고 있지요. 먹고 건강해지는 '식품'이 아니라, 이윤만 남기면 그만인 '상품'으로 보는 거예요. 그러니 유해한 약품으로 범벅을 해서라도 오래도록 멀쩡해 보이게 하고 오랜 기간 유통되도록 만듭니다. 자본의 이익을 극대화할 수만 있다면 장기간 썩지 않는 농산물을 만들어내는 일에 죄의식도 없어요. 운반 과정에 수개월이 걸리는 수입 농산물의 경우에는 더 말할 것이 없지요. 세계 각지의 농산물이 우리 가정의 식탁에 아무렇지 않게 오르고 있지만 그 안전성에 대해서는 대부분의 소비자들이 알 수가 없는 현실이에요.

자연계에 존재하는 모든 물질은 시간과 함께 모습을 바꾸고, 언젠가는 흙으로 돌아간다. '발효'와 '부패'를 통해서다. 그리고 이 두 가지 현상은 균의 작용에 의해 일어난다. (……) 살아 있는 온갖 것들의 균형은 이 '순환' 속에서 유지된다. 가끔 환경이 변해 균형을 잃을 때도 순환은 자기 회복력을 작동시켜 균형 잡힌 상태를 되찾게 한다. 그 같은 자연의 균형 속에서는 누군가가 독점하는 일 없이도, 누군가가 혹사당하지 않고도 생물이 각자의 생을 다한다. 부패가 생명을 가능케 하는 것이다.

　　　　　　　 – 와타나베 이타루, 『시골빵집에서 자본론을 굽다』에서

　밭작물이 잘 자라려면 무엇보다 땅 힘이 좋아야 합니다. 화학비료의 인공적 영양에 의존하지 않으려면 평소에 좋은 거름을 많이 만들어둬야 해요. 퇴비는 만들자마자 바로 밭에 뿌릴 수 있는 게 아니라서 미리미리 저축하듯 모아 나갑니다. 음식물 쓰레기와 삭힌 닭똥, 흙과 풀, 썩힌 왕겨, 생선 부산물, 마른 낙엽, 한약·효소 찌꺼기, 나뭇재, 조개껍데기를 빻은 석회 가루 등을 수시로 두엄간에 넣어 섞어줘요. 이때 가장 중요한 일을 담당하는 존재가 바로 미생물이지요. 만약 그들이 없다면 우리 텃밭, 우리 삶터는, 아니 이 지구라는 행성의 지표면은, 순식간에 쓰레기

와 시체들로 차올라 발 디딜 틈이 없게 될 겁니다.

박테리아와 미생물과 곰팡이들은 쉬지 않고 모든 것을 분해하여 흙으로 바꿉니다. 그들이 있기에 지상의 동식물은 생을 마친 후 흙으로 순환되며, 지구는 지금과 같은 상태를 유지할 수 있는 것이지요. 우리가 사는 푸른 별의 완벽한 조화와 아름다움은 청소동물들과 미세한 박테리아들의 끝없는 노고 덕이라 해도 과언이 아니에요.

인간의 눈으로 보면 정지된 세계 같지만, 흙은 이러한 수십억 미생물들이 날마다 전쟁을 펼치는 소우주이다. 이 세계에서 한때 생명 활동을 하던 모든 것들도 결국에는 최초의 원소로 돌아가고 만다. 또 흙에서 생명이 나는 일 역시 다 이 작은 조절자들의 힘이다. 그들은 눈에 보이지 않는 크기로 지구 전체를 흔들어 움직인다.

− EBS '흙' 제작팀, 『흙』에서

잘 썩는 것은 좋은 일이에요. 썩어 없어지지 않으면 새것이 생겨나지도 못하지요. 앞선 존재들이 비켜준 자리에 내가 살듯, 언젠가는 내 자리도 뒤에 오는 삶에게 돌려줘야 합니다. '자연스러움'이란 그런 것이죠. 우리는 '스스로 그러한' 자연에 속해 있

여름

고, 잠시 기대어 살다가 곧 그곳으로 돌아가게 됩니다. 본래 자연은 모든 물질을 원래의 자리로 돌려보내는 역할에 망설임이 없으니까요.

가을

풀은 메마르고 벌들도 돌아간다

작은 곤충들의 경이로운 세계

쌍살벌에게
쏘이다

된장을 푸려고 항아리 뚜껑을 열다가 "악!" 비명을 지르며 뒤돌아 달아나기 시작했습니다. 열댓 마리의 성난 벌들이 항아리들 틈에서 왜앵~ 날아오르더군요. 오른쪽 손등과 팔에 뜨거운 통증이 느껴졌어요. 우선 급한 대로 에프킬러로 벌들을 제압하고 된장 푸던 일을 마저 했지요.

시간이 지나자 손등이 점점 부풀어 올라 마치 복어처럼 앞뒤로 빵빵해졌어요. 작고 야윈 체격이라 평소 오동통하니 살찌는 소망을 품고 있었는데 소원대로 되었지 뭐예요. 벌들에게 쏘인 자리는 욱신욱신 쑤시고 저리다가 나중엔 못 참을 만큼 가려워졌습니다. 하루가 지나자 팔꿈치 아래부터 손가락 마디마디까지 다 부풀어 올라 펜이 쥐어지지 않았어요. 빨간 고무장갑에 손이 안 들어가는 경험도 난생처음 해봤지요. 애니메이션 〈센과 치히로의 행방불명〉에서 센한테 놀아달라고 떼쓰며 울던, 마녀 유바바의 아기 손처럼 니름 귀엽기도 했답니다. 아픈 와중에도 궁금증을 못 참아 여러 권의 곤충 도감들을 늘어놓고 나를 공격한 벌을 찾았어요. 쌍살벌 종류인데 정확한 명칭은 큰뱀허물쌍살벌이더군요. 벌 쏘인 덕에 쌍살벌 종류를 배웠으니 그리 손해는 아니었어요.

우리 집 처마 밑에는 해마다 쌍살벌들이 집을 지어요. 서너 마리가 바삐 오가며 엄지손톱만 한 크기로 짓기 시작하는데, 두어 달쯤 지나면 벌도 많아지고 벌집도 어른 주먹만큼 커집니다. 운 좋으면 육각형 구멍 속에 오동통한 노란 애벌레들이 꾸물거리는 모습도 볼 수 있지요. 자칫 잘못 건드려서 쏘이지만 않는다면 벌집도 제법 재미있는 관찰거리입니다.

언젠가는 희한하게도 처마 끝에 대롱거리는 풍경風磬 속에 거처를 마련한 쌍살벌들을 보았어요. 흔들림과 소란함의 한가운데로 스스로 찾아 들어가 집을 짓고 새끼들을 키우다니, 신기하고 놀라웠지요. 한 집단을 이루기 위해 장소를 물색할 때 여왕벌이

고려하는 조건이 뭘까 궁금해지더군요. 바람 잔잔한 날에 찾아든 어둡고 비좁은 풍경 속에 외로운 여왕벌의 마음을 끄는 무언가가 있었을까요? 뎅그렁뎅그렁 바람 불 때마다 요란하게 흔들리면서도, 한번 정한 거처를 버리지 않고 꿋꿋이 육아 방 규모를 늘려가는 그들을 보면서, 극한의 상황에서도 평정심을 유지하는 면벽 수행자를 떠올렸습니다.

> 잊혀진 다락방 한구석에 잘 숨어 있던 쌍살벌 암컷은 자기 몸속에 종족의 미래가 달린 수정란을 지니고 다닌다. 외로운 생존자인 이 암컷은 봄이 되면 작은 둥지를 짓고 여기에 알을 몇 개 낳은 다음 일벌을 키운다. 일벌의 도움으로 둥지를 넓히고 새로운 집단을 이룩해 가는 것이다. 이 일꾼들은 여름 내내 열심히 나방의 유충인 쐐기벌레를 잡아들여 먹이로 삼는다.
>
> – 레이첼 카슨, 『침묵의 봄』에서

벌한테 쏘일 땐 다 이유가 있어요. 위치를 정확히 아는 벌집은 오히려 위험하지 않지요. 항아리 뒤편, 야외 테이블 아래, 나뭇가지 사이……, 이런 곳에 벌집이 있는 줄 모르고 건드렸을 때 공격을 받습니다. 사람들은 벌이 자기를 급습했다고 하지만, 벌의 입장에서는 자기 집이 급습당했기에 공격한 거예요. 그들의 사회, 그들의 새끼들을 지키려고요.

처음 시골살이를 시작했을 땐 벌집을 격퇴해야 할 적처럼 대했어요. 에프킬러를 뿌리고 각목을 휘둘러 떼어냈지요. 두려워서 미리 저지른 과잉 방어였어요. 하지만 지극정성으로 집을 늘리고 애벌레를 키우는 벌들을 지켜보다 보니 나의 살심殺心이 슬그머니 주저앉더군요. 벌집 아래를 하루에 수십 번 오가더라도 내가 그것을 건드리지만 않으면 벌들은 그냥 제 할 일을 할 뿐이에요. 물론 위협적인 위치라면, 사람도 야생의 자리싸움을 피할 수는 없겠지만요.

단독생활의 유전자,
호리병벌

집 외벽에 호리병벌이 독특한 집을 짓고 있습니다. 호리병 모양의 집을 아파트처럼 연결해 짓는 거지요. 집이라고는 하지만 자신이 거처할 집은 아니에요. 살아생전에 만날 일 없는 제 새끼의 삶터를 마련하는 중입니다. 호리병벌은 집단생활을 하는 벌들과는 달리 새끼를 돌보지 않아요. 그 대신 태어날 자식들의 미래를 준비해두지요.

호리병벌 어미는 혼자 일합니다. 동글동글한 진흙 경단을 입에 물고 오가길 여러 차례, 호리병 집 하나를 완성하더니 입구에 꽁무니를 들이밀고 힘을 주어 알을 낳아요. 그런 뒤 배추흰나비 애벌레를 산 채로 잡아와서 집어넣고 순장하듯 집을 봉인합니다. 알에서 깨어난 새끼가 번데기가 되기 전까지 먹을 양식을 마련해놓는 것이지요. 호리병벌의 집은 무덤이자 산실이에요. 하나는 죽고 하나는 살아요.

흙덩이를 물어 와서 집을 짓고 알을 낳고 애벌레를 잡아넣고, 또 다시 흙덩이를 물고 와서 집을 짓고 알을 낳고 애벌레를 잡아오고……. 어미 호리병벌은 종일토록 쉬지도 않고 먼 거리를 왕복하며 출산과 사냥과 집 짓기를 완벽하게 해냅니다. 경이로운 멀티플레이어지요. 6개의 산실을 완성하고 모든 입구를 단단히 봉인하기까지 꼬박 사흘이 걸렸습니다. 이 사흘은 암컷 호리병벌 생애의 클라이맥스였을 거예요.

알에서 눈떠 나방 애벌레를 먹고 번데기 껍질을 벗고 성충이 된 후, 어두운 흙집의 보호막을 깨부수고 나와 푸른 하늘을 날다가 마침내 짝을 만나 뜨거운 짝짓기를 하고, 이제 망설임 없이 한 몸뚱이 연소시켜 종의 지속을 위한 땔감으로 삼았습니다. 목숨이 짊어진 역할을 다 마쳤으니 남은 시간은 자유롭게 떠돌다가 삶을 마감하겠지요. 어미 몸에 새겨진 단독생활의 유전자는 벌집 속 알들에게도 자유와 고독의 체질을 각인시켜 놓았을 겁니다.

이맘때면 곳곳에서 호리병벌의 집을 만날 수 있습니다. 언젠가 호리병벌의 흙집을 부수고 초록 애벌레들을 꺼내 닭들한테 선물한 적이 있어요. 그런데 막상 사흘 내내 집 짓는 '호여사'의 노고를 지켜본 후로는 다시는 그럴 마음이 들지 않더군요.

호박과실파리의
경이로움

지난해 태풍에 찢어진 비닐집의 비닐을 다 걷어냈더니 뼈대만 남았습니다. 그 뼈대에 그물망을 씌우고 호박과 오이, 덩굴콩과 갓끈동부 등 덩굴 식물들을 올렸었지요. 호박 구덩이에 밑거름을 잘했더니 호박 달리는 속도가 엄청납니다. 하지만 많이 달린들 뭐하나요. 모조리 상처투성인걸요.

연한 애호박마다 벌처럼 생긴 녀석들이 꽁무니를 박고 있습니다. 생긴 건 벌 같지만 실은 파리예요. '호박과실파리'라는 이름을 가진 녀석이지요. 꽁무니에 달린 침은 산란관이에요. 호

호박과실파리가 애호박에 산란관을 꽂고 알을 낳고 있습니다.
가끔 산란관이 빠지지 않아 못 날아간 채 그대로 죽는 경우도 있지요.

박과실파리가 산란관을 꽂은 호박은 머잖아 속이 구더기로 가
득 차버립니다. 호박과실파리는 애호박에다만 알을 낳아요. 익
은 호박 표면은 단단해서 산란관을 꽂을 수 없거든요. 관행농에
서는 이 곤충의 피해를 막기 위해 농약을 사용하는데, 약을 쓰지
않는 곳에선 일단 발생하면 속수무책입니다.

호박과실파리가 침범한 애호박을 모두 땄어요. 호박 줄기를
뚝 분질러 땄는데 꽁무니를 박고 있던 한 마리가 도망을 못 가네
요. 산란관을 빼려고 용을 쓰는데 잘 빠지지 않나 봐요. 가끔 호
박 표면에 붙은 채 말라 죽은 호박과실파리를 보고 의아하게 생
각했는데, 이제 보니 산란관이 빠지지 않아서 못 날아갔던 거였
군요.

녀석은 꽂힌 산란관을 중심축으로 컴퍼스처럼 뱅뱅 돌며 꽉
박힌 그것을 뽑으려고 안간힘을 씁니다. 앞발을 버팅기고, 날개
를 버둥거리고, 꽁무니를 움츠려 곧추세우고…… 그걸 지켜보
고 있자니 공연히 내 몸에도 힘이 들어가요. "얼른 좀 빼라. 아이
고, 보는 나도 힘들다." 산란관이 안 빠져서 끙끙거리는 걸 보고
있자니 어느 결에 살심을 까맣게 잊어버렸습니다. 결국 손가락
을 내밀어 그 몸을 호박에서 살짝 밀어 올려 탈출을 돕고 말았네
요. 녀석, 인사도 없이 포르릉 날아가 버렸습니다. 그것도 네 운

이려니……. 너 하나 잡는다고 저 호박들을 건질 가망도 없으니, 내 체념도 한몫했으려니…….

> 어느 날 문득 벌레를 잡다가 요 녀석은 어떻게 생겼을까 싶더라고. 그래서 집에서 돋보기를 가져다가 찬찬히 들여다봤지. 그랬더니 이게 말이야, 엄청나게 귀여운 거라. 그런 걸 티 없이 맑고 고운 눈동자라고 하나, 커다란 눈으로 말끄러미 나를 바라보는 거야. 그 모습을 보고 나니까 미워할 수가 없더라고. 내가 워낙 구제불능 바보라서 그만 못 죽이고 잎으로 돌려보냈어.
>
> – 이시카와 다쿠지, 『기적의 사과』에서

'기적의 사과'를 키워낸 기무라 씨의 이야기에 빙긋이 웃음이 났습니다. 꽁무니에 뿔이 달린 박각시나방 애벌레가 귀여워서 결국 풀 속에 놓아줬던 기억이 떠올라서요. 농부로서 벌레를 잡아야 하지만, 가끔 벌레에게 감정 이입이 되면 작물을 지켜야 하는 내 본분을 잊고 말아요. 기무라 씨는 초식 곤충인 해충에게서 평화로운 얼굴을, 육식 곤충인 익충에게서 사나운 얼굴을 발견하고 '아하, 이런 거구나.' 싶었다지요. 맞아요. 배춧잎을 갉는 흰나비나 나방 애벌레는 둥글둥글 순한 모양이지만, 곤충 세계의 무자비한 포식자인 사마귀나 풀잠자리 유충, 길앞잡이 애벌레 등은 생김새가 정말 무섭지요. 사람들이 자기 기준에 따라 익충과 해충을 나눠 놓았지만 사실 자연에는 익충도 해충도, 선도 악도 없어요. 먹고 먹히는 관계 속에서 균형을 유지하는 자연의 놀라운 섭리가 있을 뿐입니다.

바구니에 딴 애호박들을 하나하나 칼로 갈랐습니다. 호박마다 예외 없이 애벌레가 바글거리네요. 느긋하게 호박 속을 파먹고 있다가 갑자기 환한 세상에 노출되자 놀란 애벌레들이 하나둘 뛰어오르기 시작합니다. 호박에 기생하는 호박과실파리 애벌레들은 몸을 동그랗게 말아서 점프하는 특기가 있어요. "딱! 딱!" 손가락을 튕기듯 점프하는 소리가 아주 또렷하지요. 양철 지붕에 떨어지는 불규칙한 빗방울 소리처럼 경쾌합니다. 몸통 굵기가 고작 1밀리미터 남짓한 작은 벌레가 무려 1미터 높이까지 뛰어오를 수 있다니 참으로 놀랍지요. 도움닫기 발판도 높이뛰기 장대도 없이, 바닥을 치는 힘의 반작용만으로 제 몸의 1천 배 높이를 날아오른다는 거잖아요. 사람이 미물로 치는 것들이지만 그 자체로 작은 경이입니다.

거둔 호박이 스무 개 가까이 되었으나 한 개도 건질 수 없어서 결국 닭장에 넣어줬어요. 닭들한텐 좋은 일이지요. 호박 상태도 모르고 여기저기 나눠줬더라면 어쩔 뻔했나, 뒷골이 서늘해요. 선물 받은 호박을 갈랐다가 꾸물꾸물 기어 나오는 애벌레에 다들 얼마나 질겁했겠어요. 낯 뜨거운 일 피한 것만도 다행이라 여깁니다.

겨울 벌이
죽을 자리도 없이

늦가을 오후, 외출하려다가 현관 앞에서 암사마귀 한 마리와 마주쳤어요. 데크 난간 아래쪽의 홈 파인 자리에 죽은 듯 정지한 자세로 거품과 함께 알집을 만들고 있더군요. 알 낳는 모습도 평소 행동만큼이나 고요하구나 생각하며 외출했는데, 몇 시간 후에 돌아와 보니 그때까지도 같은 자세 그대로예요. 꽤 오래 낳는구나 생각하며 집 안으로 들어왔습니다. 그리고 다음 날 아침, 닭 모이 주러 나가다가 깜짝 놀랐어요.

"어머낫! 너 아직도 낳고 있니?"

암사마귀는 여전히 거기 그대로 있었어요. 변화라고는 사마귀의 배가 폭 꺼진 대신 알집 거품이 두 배쯤 커져 있다는 것뿐이었지요.

암사마귀는 한낮이 되어서야 배가 홀쭉해져서 데크 난간 위로 올라섰습니다. 제 몸보다 더 큰 알집을 난간 아래 단단하게 붙여놓고요. 알 낳는 데 거의 24시간을 바치더군요.

"너도 어미구나⋯⋯. 이제 한 생의 몫을 다했으니 어디든 가서 쉬렴."

짠한 마음으로 중얼거린 것은, 아마도 같은 어미, 같은 암컷으로서의 동질감 때문이었을 겁니다.

암컷 사마귀도 알을 낳은 뒤였고, 수컷 실베짱이도 몇 번 짝짓기를 마친 상태였다. 이제 둘은 조용히 죽음을 맞이하고 있었다. 그렇게 죽음으로 가는 과정에서는 더 이상 누군가를 잡아먹을 필요도 없었고, 더 이상 누군가를 두려워할 필요도 없었다. 이렇게 죽음을 앞에 두고서야 그들은 서로 평등해졌다. 살아온 삶이야 다르지만 이제는 둘 다 같은 마음이었다.

– 이상권, 『애벌레를 위하여』에서

겨울은 지상의 곤충들이 움직임을 멈추고 깊이 숨어들거나 껍질뿐인 몸을 버리는 시기입니다. 찬 바람이 불면 벌들도 죽음을 맞을 적당한 장소를 찾아가지요. 여왕벌은 겨울을 날 곳을 찾아 떠나고 나머지 벌들은 마지막 자리를 고르는데, 사람이 사는 집 안으로 자꾸 기어들기도 해요. 현관 귀퉁이쯤에 봉분처럼 둥글게 모여 앉아 있다가 한 마리씩 힘없이 떨어져 내립니다. 그렇게 빈자리가 늘다가 어느 날 이장한 듯 벽이 말끔해져요. 뜨겁던 한 시절 복작거리며 새끼들을 길러냈던 벌집은 텅텅 비어 빈 허물이 됩니다. 그러면 비로소 가벼워진 벌집을 어렵지 않게 떼어내지요.

어느 추운 겨울날, 환기 좀 시키려고 꽁꽁 닫아걸었던 거실 창을 활짝 여니 창틀 아래 웅크린 벌 한 마리가 죽을 때 죽을 자리 다 놓치고 날아갈 힘도 없이 찬 바람에 가는 다리를 떨고 있었어요. 그때 이 하이쿠가 떠올랐어요. 전이정의 『순간 속에 영원을 담는다』에 이런 구절이 나옵니다.

겨울 벌이 죽을 자리도 없이 걸어가는구나
冬蜂の死にどころなく歩きけり

－ 무라까미 키죠오(村上鬼城)

편안하게 죽을 수 있을 듯한, 메마른 풀
おちついて死ねさうな草枯るる

－ 타네다 산또오까(種田頭火)

누구도 슬프게 하지 않은 채 풀은 메마르고, 벌들도 왔던 곳으로 돌아갑니다. 그들도 우리처럼 우리도 그들처럼, 그렇게 한 생애가 돌아가면 거기에 또 새로운 생명들이 봄처럼 돋아나겠지요.

멈춰 서면 많은 것이 보인다

혼자 고요히 머물러 살피다

와글와글
시끄러운 나무

마을 길을 산책하다가 수로 옆 고욤나무에서 씨알 몇 개를 받았
어요. 집에 가져와 여섯 알을 심었는데 그중 세 개가 싹을 내밀
었지요. 일단 줄기를 뻗기 시작한 어린 고욤나무들은 거침없이
쑥쑥 자라 몇 해 만에 키가 헛간 지붕을 넘겼습니다. 그리고 드
디어 첫 꽃을 피웠어요. 고욤나무가 성년이 된 거지요.

　고욤나무에서 종일토록 요란한 소리가 납니다. "이잉잉잉 왱
왱왜왱~~" 나무가 꽃향기를 내뿜으며 달콤해지는 시기, 꽃으
로 달뜬 고욤나무에 수십 마리 벌떼가 몰려들었어요. 분홍빛 종
모양의 작은 꽃마다 벌들이 머리를 들이밀고 꿀을 빱니다. 벌들

이 단체로 내는 날갯짓 소리가 얼마나 큰지, 나무에서 헬리콥터 소리가 나요. 금방이라도 고욤나무를 통째로 떠받쳐 하늘로 날려버릴 것만 같습니다.

꽃이 만개할 때 그토록 몰려들던 벌들이 어느 날 발길을 뚝 끊었어요. 나무는 다시 조용해졌습니다. 왕성한 벌들의 계절이 지나자 오래지 않아 꽃자리마다 송알송알 구슬 같은 열매가 돋아났어요. 모양은 감을 닮았지만 크기는 도토리만큼 작아서 소시小柿라고 불리는 고욤 열매예요. 옛날엔 이 열매를 따서 항아리에 넣어두었다가 홍시처럼 물러져 떫은맛이 사라지면 한겨울 간식으로 먹었습니다. 으깨서 씨를 건져내고 살짝 언 조청 같은 과즙을 떠먹으면 얼음 셔벗이 따로 없었지요. 먹을 게 풍족한 지금이야 사람들이 거의 손대지 않으니 허기진 새들에게 좋은 먹거리가 됩니다.

가을 저물녘, 길을 걷다가 와글와글 굉장히 시끄러운 소리를 들었습니다. 벌떼의 날갯짓과는 전혀 다른, 장터 같은 시끌벅적함이었어요. 어디서 이토록 요란한 소리가 날까. 천천히 걸어서 소리 나는 곳으로 가보니 커다란 은행나무더군요. 은행나무 전체가 아우성을 치는 것 같았어요. 다른 나무들은 조용한데 유독 그 한 그루만 그랬습니다. 몸체가 우람하고 가지가 빽빽한 나무였지요.

고개를 꺾고 올려다보니 셀 수 없이 많은 새들이 나뭇가지 사이를 파닥파닥 건너뛰며 끊임없이 재잘대고 있었어요. 잠들기 편한 가지를 먼저 차지하려는 걸까요. 짝이나 친구를 부르는 걸까요. 나무 아래 서 있으니 귀청이 달아날 것 같습니다. 이토록 시끄러운 나무는 본 적이 없어요. 주변이 어둑해지고 석양이 붉어지기 시작하자 새들의 수다도 거짓말처럼 뚝 그쳤습니다. 나뭇가지를 꼭 붙들고 옆자리의 새와 몸을 맞댄 채 잠들기 시작해요. 수다스런 새들의 꿈이 궁금해집니다.

새들이 깃드는 나무는 특별해요. 어린 나무, 키 낮은 나무에는 깃들지 않아요. 키는 크지만 가지가 엉성하여 바람막이가 되어주지 못하는 나무도 제외됩니다. 안정적인 몸체에 넉넉한 가지를 뻗은 나무, 잎새가 무성해 몸을 숨길 만한 나무, 여럿이 모여 체온을 나눌 수 있는 큰 나무……. 새들은 본능적으로 그런 나무를 아는 것 같아요. 사람도 그런 이에게 마음이 끌리지 않나요?

나무의 잎들은 지상의 모든 생물을 위해 태양의 에너지를 받아들이며, 엄청난 양의 수증기를 계속해서 뿜어낸다. 나무의 가지와 줄기는 포유류, 조류, 양서류, 곤충, 그

리고 다른 식물들에게 피할 곳과 먹을 것과 살 곳을 제공
해준다. 그리고 나무의 뿌리는 돌과 흙의 신비로운 지하
세계에 닻을 내리고 있다. 나무는 지구에서 가장 오래 산
유기체 가운데 하나다. 나무는 우리의 존재와 경험과 기
억을 훨씬 더 뛰어넘는 오랜 시기에 걸쳐 살아왔다. 나무
는 참으로 놀라운 존재다.

— 데이비드 스즈키 · 웨인 그레이디, 『나무와 숲의 연대기』에서

낮은 눈으로
들여다보다

어린 시절에는 아주 낮고 미세한 세계에 마음을 빼앗겼습니다.
마당의 감나무 아래 쪼그려 앉아 흙바닥 위의 벌레들을 들여다
보느라 시간 가는 줄 몰랐지요. 건드리면 동글동글 구슬처럼 몸
을 말던 쥐며느리, 황홀하게 빛나던 딱정벌레의 등딱지, 뒤집어
놓으면 "딱!" 소리와 함께 튀어 올라 공중제비를 돌던 방아벌레,
땅에 떨어진 애벌레에게 새까맣게 엉겨 붙던 개미떼, 그리고 개
미구멍으로 끌려가며 고통에 몸부림치던 가엾은 애벌레……
반경 50센티미터도 안 되는 흙바닥의 미소微小 세계에는 경이롭

고 잔혹하고 아름답고 박진감 넘치는 볼거리가 가득했어요.

개미들의 먹이 사냥이 스펙터클한 중편이라면, 개미들의 집 짓기는 장편의 대역사大役事였지요. 흙 알갱이를 한 개씩 입에 문 개미들이 구멍에서 줄 지어 나와 흙을 뱉어놓고 다시 구멍으로 들어갑니다. 시간이 지나면서 개미구멍 주변으로는 고운 흙산이 쌓여요. 지하에서 올라온 흙 알갱이 한 알 한 알이 모여 태산을 이루는 동안 그들의 지하 세계에는 수 갈래의 터널이 뚫리고 여러 개의 방이 만들어졌겠지요. 개미들의 우공이산愚公移山이랄까요. 한 마리의 개미는 미약한 개체이지만 집단의 위력은 놀랍기만 합니다.

개미들의 집 짓기 구경에 쏙 빠졌던 하루가 지나고, 다음 날 학교에서 돌아온 나는 경악했어요. 어제 지은 개미집이 쑥대밭이 되어 있었거든요. 고운 알갱이로 쌓아 올린 흙산의 예쁜 곡선은 다 뭉개졌고 개미구멍 주변은 홍수가 난 듯 흥건했습니다. 지독한 화학약품 냄새가 코를 찌르고, 처참하게 죽은 개미들의 시체가 즐비했어요. 아버지가 개미집에 살충제를 부어버린 거예요.

하루 종일 집 짓느라 애들이 얼마나 고생했는데…… 눈물이 왈칵 쏟아졌어요. 왜 그러셨냐고, 그냥 살게 놔두면 안 되었느냐고, 아버지께 울며 항의했습니다. 아버지는 막내딸의 눈물에 당황하셔서 "그깟 개미집 갖고 그러느냐." 하시면서도 "앞으로는 안 죽이마." 달래셨지요.

유년 시절에는 모든 것이 새롭다. 그러나 나이가 들면 모
든 것에 익숙해진다. 모두 '이미 본 것들'이기 때문이다.

– 알렉산드라 호로비츠, 『관찰의 인문학』에서

'이미 본 것들'이란 굳어진 관념이자 한 치도 더 나아가지 않
는 게으른 단정이겠지요. 마음에도 습관이 있어 늘 해오던 대로
쉬운 관성을 따라가요. 습관은 깊이 알기를 방해하고, 안다는 생
각이 느낌을 차단합니다. 이미 봤고 이미 안다고 여기는 순간,
우리는 흥미를 잃고 더는 주의를 기울일 필요를 느끼지 않게 돼
요. 이때 내가 본 것이 진짜인지 허상인지, 본질인지 표피인지는
중요하지 않아요. 내가 아는 것이 전체인지 부분인지도 중요하
지 않습니다. 다만 '내게 그렇게 보였다'는 것만이 '사실'로서 내
인식에 기록되지요.

자기 경험에 의존해 사고의 틀을 짓고 그 제한된 틀로 세계
를 해석하는 일은, 불확실한 세상을 사는 우리가 불안을 견디는
한 방법입니다. 우리는 저마다 그런 불완전한 틀을 갖고 살아요.
그 틀이 비좁고 견고할수록, 그리고 자기 틀이 완벽하다고 확신
할수록, 사람은 자라지 못하고 늙습니다. 피부가 늘어지고 뼈마

디가 굳어가는 노화는 자연의 섭리이지만, 마음의 경직과 완고함이 가져온 늙음은 내 선택의 결과예요. 몸은 젊은데 마음은 석회질처럼 딱딱하게 굳어버린 노인도 있고, 육신은 쪼그라들어도 경계 없는 마음으로 나날이 새로워지는 청년도 있습니다.

빈곤한 의식 안에 나를 가두는 건 결국 나예요. 자의식을 중심으로 세상을 적대할 때는 세상에 나 하나뿐인 것 같지만, 다른 존재에게 마음을 쏟는 순간 나의 비좁은 시야는 타자의 영역으로 확장됩니다. 모든 '나'에겐 나를 비춰볼 존재 '그'가 필요해요.

> 달팽이의 타고난 느린 걸음걸이와 고독한 삶은 아무것도 보이지 않던 어둠의 시간 속에서 헤매던 나를 인간세계를 넘어선 더 큰 세계로 이끌어주었다. 달팽이는 나의 진정한 스승이다. 그 아주 작은 존재가 내 삶을 지탱해주었다.
>
> – 엘리자베스 토바 베일리, 『달팽이 안단테』에서

병상에 누워 절망에 빠진 한 여인의 마음에 소생의 기운을 불러일으킨 '그'는 한 마리의 달팽이였습니다. 다만 바라보았을 뿐인데, 특별할 것도 없는 고요한 응시가 어느새 기적 같은 감정을 불러일으켰지요. 그건 바로 "다른 생명체와 이어져 있다는 느낌"

이었어요. 몸을 가누기도 힘든 난치병으로 인해 죽음을 가까이 느끼던 그녀는 작은 달팽이와의 만남을 통해 개인의 생존이나 종種의 생존을 넘어 "생명 자체가 진화를 멈추지 않는" 유장한 흐름 위에 자신을 놓아둘 수 있게 됩니다.

보이는 것은 보이지 않는 것의 가면이다. 태어났을 때 우리 눈은 쏟아져 들어오는 광자들에 열려 있지만 우리는 보는 법을 배워야 한다. (……) 많이 보면 볼수록 보이지 않는 게 얼마나 많은지 더 잘 알게 된다. 우리의 지독한 무지, 이것이야말로 가장 위대하고 가장 매력적인 발견이다.

— 쳇 레이모, 『1마일 속의 우주』에서

멈춰 서면 많은 것이 보입니다. 들여다보고 친밀해지면 상대가 내게로 스며들지요. 육체는 한 점에 붙박여 있지만 상상력은 천 개의 눈을 가질 수 있습니다. 달팽이의 촉각, 나방의 더듬이, 새의 시야, 어린아이의 마음으로 세상을 느끼고 만질 수 있어요.

땅바닥의 개미집을 들여다보는 어린아이를 가슴속에 품고 사는 일은 이제껏 살아낸 햇수의 많고 적음과 관계없습니다. 호기심 충만한 자기 안의 어린아이를 방해하지 마세요.

혼자 있음의
위로

도시와 직장을 떠난 후 나를 둘러싸고 있던 수많은 관계와 멀어져 들과 숲으로 숨어들었습니다. 오랜 직장 생활의 긴장감에 대한 반작용이기도 했겠지만, 나에게 은둔의 열망이 이토록 강했던가 스스로 놀랄 만큼 혼자 있는 것이 좋았어요. 비로소 몸에 맞는 옷을 입은 느낌이랄까요.

시골 마을에 사는 일은 도시의 아파트와는 달리 다중多衆 속의 고립이 보장되지 않는 생활입니다. 하지만 마음이 헐렁해지니 마을 할머니들의 예고 없는 방문이나 이웃의 일손 돕기쯤이야 곧 익숙해졌지요. 그 외 대부분의 시간은 텃밭을 가꾸고 닭을 키우고 풀꽃과 벌레와 새들을 탐구하는 일로 채웠습니다. 마을의 맨 안쪽 집이라 지나가는 이도 없어서 절간 같았어요. 소음을 싫어해 TV 전원조차 뽑아둔 채 살았으니, 가끔 찾아오는 지인들은 '템플스테이' 하는 것 같다고 하더군요.

돌아보면 10대 시절에도 친구들과 무리 지어 어울려 다니는 일은 내게 잘 맞지 않았어요. 혼자 다니는 게 편했고, 깊은 이야기를 나누는 소수의 친구를 사귀었습니다. 서울에 올라와 자취 생활을 할 때도 혼자라서 가벼웠어요. 산동네 비좁은 골목 끝 막

다른 집, 창문도 없는 단칸방에서 이불 한 채, 옷 서너 벌, 전기밥통과 그릇 몇 개만 지니고 살았지요. 냉장고도 세탁기도 TV도 전화도 없었지만 부족함을 못 느꼈어요. 밥을 벌기 위해 열심히 일했고, 혼자만의 방에 돌아오면 고요 속에서 방전된 에너지를 채웠습니다.

> 그들에게 가장 의미 있는 순간은 새로운 통찰을 얻는 순간, 다시 말해 새로운 발견을 하는 순간이다. 그리고 이런 순간은 혼자 있는 순간이다. 언제나 그런 것은 아니라 해도 대개는 그렇다. (……) 혼자 있는 능력은 귀중한 자원이다. 혼자 있을 때 사람들은 내면 가장 깊은 곳의 느낌과 접촉하고, 상실을 받아들이고, 생각을 정리하고, 태도를 바꾼다.
>
> – 앤서니 스토, 『고독의 위로』에서

이웃이나 친지의 집을 방문하면, 함께 마주앉아 대화할 때조차 TV를 끄지 않는 게 의아했어요. 사람들의 목소리와 TV의 온갖 소음이 동시 발화되는 산만함 속에서 몇 시간을 보내고 돌아오면 온몸의 진이 빠지는 느낌이었지요. 몸이 아파 병원에 입원했을 때도 육체적 고통보다 견디기 힘들었던 건 6인실 병실의

고요하게 귀를 씻고 명상에 든 청개구리.
자작나무 잎 스치는 바람 소리가 경 읽는 소리입니다.

TV 소음이었습니다. 병원, 식당, 미장원, 할인마트, 백화점, 가정집……, 어딜 가나 갖가지 영상과 소음이 배경처럼 따라다녀요. 지하철과 버스로 이동할 때도 손에서 한시도 떠나지 않는 스마트폰이 빛의 속도로 정보들을 쏟아냅니다. 마음속이 불안하게 흔들리는 현대인들은 인공의 영상과 소음이 그친 상태의 평온과 고요를 오히려 견디지 못하는 것 같습니다.

스코트 니어링과 헬렌 니어링은 고요함을 좋아했어요. 스코트는 "생활 속으로 라디오가 끼어드는 것을 도저히 참지 못했다."고 해요. 헬렌은 "우리에게 지옥을 그려보라 한다면, 쉴 새 없이 계속되는 소음의 폭격에서 달아날 수 없는 그런 곳일 것"이라고 말합니다.

저녁을 소란스럽게 만드는 텔레비전이나 라디오 없이 우리는 브론테 가족이 그랬음직한, 훌륭한 고전들을 들고 불가에 앉았다. 우리 가운데 한 사람이 소리 내어 읽으면 다른 사람은 강낭콩이나 완두콩을 까거나, 스프나 사과 소스를 만들거나, 뜨개질 또는 바느질을 했다.

– 헬렌 니어링, 『아름다운 삶, 사랑 그리고 마무리』에서

입 열지 않고 하루 종일 풀을 매거나, 앉은걸음으로 몇 시간째 붉은 고추를 딸 때, 때때로 나를 잊습니다. 마음이 정적 속에 들어가요. 허기를 잊고 말을 잊고 생각을 잊습니다. 몸은 극도로 고단한데 마음은 진공 상태예요. 이상한 충만감입니다.

"인간의 모든 불행은 방 안에서 고요하게 머물 수 있는 방법을 모른다는 한 가지 사실에서 비롯된다."고 파스칼이 말했다지요. 여기서 '고요한 머묾'이란 히키코모리의 독방을 의미하는 건 아닐 거예요. 기갈증에 걸린 듯 바깥을 탐하던 시선을 내 안으로 돌려 온갖 널뛰는 감정의 뿌리를 대면하는 일, 그건 '고요'와 '침묵'의 도움 없이는 불가능합니다. 파스칼의 '방 안'은 방 안일 수도 있고, 밭고랑일 수도 있고, 숲속이나 길 위일 수도 있어요. 나를 대면하는 자리는 명시적 장소place가 아닌 인연의 공간space이니까요.

내 안의 욕망과 불안과 두려움을 직시했을 때 그것으로부터 벗어날 가능성도 발견합니다. 타인의 인정과 사랑에 의존하지 않아도 현재의 나로 충분하다는 걸 알아요. 비로소 다중의 소란 속에서도 흔들림 없는 중심을 가질 수 있습니다.

말이 끝나는 곳에서 침묵은 시작된다. 그러나 말이 끝나기 때문에 침묵이 시작되는 것은 아니다. 그때 비로소 분

명해진다는 것뿐이다. (……) 침묵은 말과 마찬가지로 생
산적이며, 침묵은 말과 마찬가지로 인간을 형성한다. 다
만 그 정도가 다를 뿐이다. 침묵은 인간의 근본 구조에 속
한다.

– 막스 피카르트, 『침묵의 세계』에서

아이의 눈물은 가볍지 않아

병아리를 보며 어린것들을 떠올리다

어미를 따르는
병아리들

단풍이 물드는 만추에도 우리 닭장 안은 어미 닭을 뒤따르는 병아리들의 팔랑거리는 날갯짓과 삐악삐악 가녀린 목청들이 생기발랄합니다. 병아리 육아실에 들어가면, 어미 닭이 온몸의 깃털을 세우고 "꼬옥 꼬꼬고……" 낮은 경계음을 내며 날개깃 아래로 새끼들을 불러 모아요. 낯선 대상을 경계하라는 초보적인 가르침이지요. 물을 갈아주려고 조심스레 병아리 물통에 손을 뻗으면, 행여 제 새끼한테 손댈까 봐 "꿰액-!" 소리 지르며 발톱을 세우고 날아올라 할큅니다. "어이쿠!" 얼른 줄행랑을 쳐요. 평소엔 겁쟁이 암탉이지만 일단 어미가 되면 무섭게 용맹해집니다. 언젠가 목줄 풀린 개가 닭장을 습격했을 때, 닭장에서 가장 날렵던 검은 암탉이 둥우리에 앉은 채 그대로 개에게 물려 죽고 말았어요. 품 안에 어린것들이 있었거든요. 선택의 여지가 없었을 겁니다. 어미의 희생 덕에 병아리들 중 일부는 목숨을 건졌어요.

그런 어미를 병아리들은 절대적으로 따라요. 몸과 마음의 주파수가 온통 어미에게 맞춰져 있어요. 어미의 발길을 바짝 뒤쫓고, 어미의 부리 끝을 주시하고, 어미의 소리에 즉각 반응합니다. 어미가 경계음을 내며 날개를 벌리면 그 아래로 잽싸게 숨고, 먹을 게 있다고 부르면 쏜살같이 부리 앞으로 모여들어요. 어미가 흙목욕을 하면 옆에서 조그만 날개를 파닥이며 흙을 튕기고요. 나른한 오후, 졸다가 깨서 심심하면 어미의 턱에 달린 고기수염을 물어서 잡아당기고, 어미의 등 위로 팔짝 뛰어올랐다가 미끄럼 타듯 내려오며 놀지요. 어미만 곁에 있으면 세상에서 부러울 것이 없습니다.

발등을
밟히다

아침마다 일옷으로 갈아입고 닭들의 아침밥을 챙깁니다. 멀리서 내 그림자만 어른거려도 닭장 안은 왁자지껄 난리가 나요. "꼬옥 꼬꼬꼬오~!!" 격렬한 감탄사를 내지르며, 먼 조상으로부터 물려받은 조류의 희미한 본능을 다해 푸드드득~ 파닥파닥~ 날개를 퍼덕이며 지상 1미터 높이로 점프해 날아오지요. 너무 힘차게 날다가 몇몇은 닭장 철망에 얼굴을 부딪치며 추락하기까지 해요. "에구!"

닭들이 겹겹이 포개질 듯 밀려들어 닭장 문 앞에 빈틈없이 붙어 섭니다. 발효 사료를 양동이에 담아 들고 닭장 문을 열면 내 발치로 닭들이 와글와글 몰려들어요. "들어가자, 들어가자." 고무신 발로 중병아리와 닭들을 툭툭 밀면서 한 손으로 얼른 문을 닫지요. 작고 가녀린 발들을 안 밟으려고 신발 바닥을 질질 끌며 들어가는데, 녀석들은 타닥타닥 앞다투어 내 발등을 밟고 올라 섭니다. 발등을 토닥이는 발바닥들의 분주함, 빗방울 같은 탄력, 기분 좋은 생명의 무게……. 그때 문득 떠오르는 거예요. 발등을 밟혀서 행복했던 기억이. 내게 의지하는 작은 생명의 무게, 연약해서 소중하고 가벼워서 서럽던 한 어린 존재가 말이지요.

아이가 첫걸음마를 배울 때, 내 발등 위에 아이의 두 발을 얹고 양손을 붙잡아 한 걸음 한 걸음 박자 맞추어 함께 걸었던 걸음마 걸음마……. 그때 아이는 내가 능히 감당할 만한 무게였지요. 내 발등은 아이가 발바닥으로 만난 지상의 첫 중력이었고요. 내게 기대는 존재가 있다는 것, 그의 의지처가 된다는 것, 그를 지지하고 받들 수 있다는 것. 그 역할을 감당했던 시절은 내 인생에서 가장 귀하게 쓰인 시간이었습니다.

세상의 아름다움을 찾는 천사 이야기가 있지요. 꽃, 아이의 미소, 어머니의 사랑, 이 세 가지가 후보에 오릅니다. 아름다움의 기준이 불변 혹은 지속성이었는지 모르겠지만 "꽃도 시들고 아이의 미소도 빛을 잃지만 어머니의 사랑은 영원하다."며 이야기를 끝맺지요. 그러나 나는 생각합니다. 가장 전면적인 사랑, 제 현존을 다 거는 무조건적인 사랑은 엄마를 향한 어린아이의 사랑일 거라고요. 거기엔 과거도 미래도 끼어들 틈이 없고, 근심과 비교와 욕망도 들어설 틈이 없다고요. 엄마는 자기 욕망을 아이에게 투사하지만, 아이는 엄마라는 존재를 통째로 받아들입니다. 세상에서 가장 힘세고 가장 예쁘고 가장 커다랗고 가장 안전한 존재, 온몸과 온 마음으로 절절히 갈망하는 존재, 어린아이에게 엄마는 그런 존재예요. 세상 전체지요.

부모로서 아이로부터 받을 효도라는 게 혹 있다면, 아이가 어렸을 때 이미 다 받은 것 같아요. 그토록 뜨거운 포옹과 숱한 입맞춤과 당당한 자랑과 전면적인 지지를 내 평생 누구에게 또 다시 받겠어요. 베풂과 받음을 계산하지 않고, 밀고 당기는 유혹의 기술도 없이, 아이는 온 마음으로 어미를 사랑해 주었습니다. 돌이켜보면 아이가 품에 머물렀던 기간은 참으로 짧았네요. 그 시절 아이에게서 받은 순도 100퍼센트의 사랑을 양식 삼아 어미는 남은 생애를 배곯지 않고 살아가는지도 모르겠습니다.

어린것의
울음소리

어미 잃은 병아리의 울음소리를 들어본 적 있나요? 세상에서 가장 아픈 소리, 가장 찢어지는 소리, 가장 애타는 소리, 가장 멀리 가는 소리 중 하나가 바로 병아리 울음소리예요. 햇병아리가 어미를 놓치고 우는 울음은 온 존재를 다 건 부르짖음이지요.

"삐- 삐- 삐— 삐——!!!"

목구멍에서 피가 솟을 듯이 찢어지게 웁니다. 두려움과 절망에 사로잡혀 절박하고도 처절하게 울어요. 그 날카로운 비명은 새벽을 알리는 수탉의 꼬끼오 소리보다 훨씬 더 크고 훨씬 더 강력하고 훨씬 더 멀리 갑니다. 강하고 과시적인 수탉의 울음소리는 엄마 잃은 병아리의 아픈 비명에 비할 바가 못 돼요. 조그만 몸에서 나오는 비명이 날선 칼날 같아서, 먼 데 있는 내 귓전에

까지 쨍쨍 울려요. 어린것의 절망이란 그런 거지요. 어미에 닿으려는 마음이 그토록 간절합니다. 세상의 모든 어린것들이 간절히 어미를 찾는 것은 개별 어미가 훌륭해서가 아니라 어린것에게 어미란 그냥 절대적 존재이기 때문이에요.

부화 기계 안에서 한꺼번에 깨어난 수십만 마리의 육계 병아리들은 알에서 깨어난 후 한 번도 어미의 존재를 경험해보지 못합니다. 먹이고 품어주고 가르쳐주는 존재, 믿고 기대고 따를 만한 존재, 그런 존재가 세상에 있는지조차 모르지요. 기계로 대량 부화된 병아리들은 애착의 대상을 가져보지 못한 만큼 분리의 절망감도 모릅니다. 물건처럼 한꺼번에 쓸어 담겨서 사육장으로 옮겨지고, 불과 한 달을 산 후 모조리 도살됩니다. 죽음 앞에서도 소리쳐 울거나 저항하지 못하고 극도로 무기력한 모습으로 마지막을 맞이해요.

병아리가 목청이 찢어지도록 우는 까닭은, 울면 구해줄 존재가 있다는 걸, 돌아가 안길 품이 있다는 걸 알기 때문입니다. 사랑을 받아본 존재는 사랑할 줄 압니다. 두려움을 느끼고, 따뜻함을 원하고, 놀 줄 알고, 울 줄도 알지요. 같은 병아리라도 이렇게 환경과 처지에 따라 전혀 다른 존재로 삽니다.

가을

아이의
눈물

기숙 학교에 있는 아이를 만나러 남도에 내려갔다가 무궁화호 기차를 타고 돌아오는 길, 『나의 라임오렌지나무』를 오랜만에 다시 읽었습니다. 짬 날 때 읽으라고 아이에게 빌려줬던 책인데 돌려받았거든요. 아이는 어렸을 때 이희재의 만화로 『나의 라임오렌지나무』를 접했었는데, 원텍스트는 이번에 처음 읽었답니다. 줄거리를 안다고 생각했었는데 막상 읽어보니 만화와는 전혀 다른 느낌이었다고 하더군요.

내가 이 책을 처음 만난 건 고2 때였어요. 동녘출판사의 1982년 초판본이었지요. 끌어안은 베개가 다 젖도록 울고 또 울었습니다. 책 속의 제제는 울지 않는데, 읽는 나는 쏟아지는 눈물을 주체하지 못했어요. 금붕어처럼 퉁퉁 부은 눈으로 다음 날 등교하자니 좀 창피했던 기억이 납니다.

그로부터 30여 년이 훌쩍 지나 이제 중년이 되어 기차 안에서 그 책을 다시 읽습니다. 눈물은 또 어김없이 쏟아져 손수건을 앞뒤로 다 적셨네요. 옆자리의 사람은 내가 부모상이라도 당한 줄 알았을 거예요. 바스콘셀로스는 오래전 세상을 떠났는데 다섯 살 제제는 여전히 살아 내 굳어진 심장에 연민과 사랑의 피를 돌게 합니다.

> 그에 대한 생각을 떨쳐버릴 수가 없었다. 이제는 아픔이
> 무엇인지 알 것 같았다. 매를 많이 맞아서 생긴 아픔이 아
> 니었다. 병원에서 유리조각에 찔린 곳을 바늘로 꿰맬 때
> 의 느낌도 아니었다. 아픔이란 가슴 전체가 모두 아린, 그
> 런 것이었다. 아무에게도 비밀을 말하지 못한 채 모든 것
> 을 가슴속에 간직하고 죽어야 하는 그런 것이었다.
>   - J. M. 바스콘셀로스, 『나의 라임오렌지나무』에서

사랑하는 뽀르뚜가를 잃고 제제는 불덩이처럼 앓습니다. 가
장 소중한 사람이 어느 날 느닷없이 소멸해버린 현실을 받아들
일 수 없어요. 세상 어느 누구도 나를 모르며, 나를 알고 사랑해
주었던 유일한 사람은 이제 세상에 존재하지 않는다는 절망감이
제제를 죽음의 문턱까지 밀고 갑니다. 통곡 소리도 내지 않는 사
랑과 상실의 고통이 처절합니다.

제제는 장난꾸러기이지만 천사의 심성을 가진 아이예요. 늘
비어 있는 쎄실리아 빠임 선생님의 꽃병에 꽃을 꽂고, 가난한 흑
인 아이 '올빼미'와 빵을 나눠 먹으며, 아빠에게 담배를 사 드리
려고 크리스마스에도 구두를 닦아요. 하지만 하루가 멀다 하고

매를 맞습니다. 이가 부러지고 온몸이 만신창이가 되고 정신을 잃을 만큼 맞아요. 가족들은 제제의 마음을 보려 하지 않습니다. 단 한 사람, 뽀르뚜가 아저씨만은 예외였지요.

아이의 말, 아이의 감정을 쉽게 무시하는 어른들 많지요. 어리고 미숙하다고 함부로 대하고 자기 소유물처럼 취급하는 부모들도 적지 않고요. 스스로를 보호하지 못하는 약한 아이를 자기 욕망을 채우는 데 이용하는 나쁜 사람들도 있습니다. 아이가 나와 동일한 한 인간임을, 아이도 어른과 마찬가지로 존중받아야 할 인격체임을 잊고 아이를 폭력적으로 대하는 사람들을 보면 가슴이 후들거려요.

어째서 어른들은 자기가 어렸을 때의 일들을 그렇게도 새까맣게 잊어버릴 수 있는 것일까요? 그리고 아이들도 때로는 지극히 애처로운, 가엽고 불행한 존재라는 사실을 전혀 이해하지 못하는 어른으로 변해버리는 것일까요? (……) 아이들의 눈물은 결코 어른들의 눈물보다 가볍지 않으며, 오히려 그보다 무거울 수도 있다는 말은 새삼스럽지 않습니다.

– 에리히 캐스트너, 『하늘을 나는 교실』 '제2서문'에서

아이의 눈물은 어른의 눈물보다 결코 가볍지 않아요. 아이의 괴로움은 어른의 괴로움보다 조금도 덜하지 않습니다. 오히려 피할 수도, 대처할 수도, 해결할 수도 없기에 더 고통스럽고 절망적이지요. 서경식 선생은 『소년의 눈물』에서 '어린아이의 눈물'을 이야기하며 에리히 캐스트너의 위의 글을 인용합니다. 그리고 이렇게 덧붙이지요.

어른의 눈물을 아는 자가 아이의 눈물을 안다. 아이의 눈물을 이해하는 자가 어른의 눈물까지 이해하는 것이다.

– 서경식, 『소년의 눈물』에서

거울 뉴런, 또는 공감 뉴런이라고도 하지요. 타인을 거울처럼 모방하고, 타인의 느낌을 자신의 것처럼 느낄 수 있는 신경 세포 말이에요. 아이들은 거울처럼 어른을 배웁니다. 때릴지언정 맞지는 말라고, 빼앗을지언정 빼앗기지 말라고, 짓밟고서라도 높은 곳에 먼저 오르라고, 남의 고통 따윈 모른 체하고 네 몫이나 잘 챙기라고 '교육'의 이름으로 아이들에게 가르치고 있지는 않은가요. 탐욕적이고 이기적인 '성공'의 길을 가르치는 세상에서 자라난 아이들이 타인의 아픔을 내 아픔으로 비춰볼 수 있을까요. 우리의 거울 뉴런은 아직 무사한가요.

『나의 라임오렌지나무』처럼 가슴 깊은 데서 슬프고 따뜻한 눈물이 솟는 이야기들이 많이 읽혔으면 좋겠어요. 타인의 슬픔을 함께 느끼고 공감하는 마음이 많다면 세상의 고통과 슬픔의 절대량은 줄어들 것이라고 믿습니다. 참척을 당한 부모들의 고통에 함께 울지는 못할망정 비웃고 조롱하고 비난하는 세상은 지옥입니다. 무감각의 세계에서 저지르는 폭력성을 바라보며 가슴을 칩니다. 슬프게도 바로 여기가 우리가 만든 세상이군요. 우리가 만든 이 세상, 아이들에게 마음 편히 물려줄 수 있을까요?

"한 나무의 삶은 그것을 둘러싼 숲의 삶만큼만 건강"하다고 『나무 수업』의 저자 페터 볼레벤이 말했습니다. 나무와 숲도 그러한데 하물며 사람이 아픈 사회 안에서 어찌 홀로 건강할 수 있겠어요. 세상이 고통 속에서 신음하는데 나 혼자 행복할 재간은 없습니다. 우리에게 거울 뉴런이 있다는 것은, 우리 각자가 독립적 개별자일 수 없으며 서로 긴밀히 연결되어 전체를 이루는 큰 그림의 일부라는 증거인지도 모릅니다. 고통과 슬픔에 압도당하지 않고, 고립 대신 연대를 선택하며, 세상을 바꾸려는 흐름에 접속합니다. 내 거울 뉴런은 강력하게 작동 중이니까요.

인간의 참혹한 세월을 사는 슬픔 속에서 세상의 희망이 아득하게 느껴질 때 정희재의 글을 만났습니다. 거기서 만난 한 대목에 가슴이 저릿해집니다.

세상은 원래 불공정하고 자연은 무자비하다. 인간에게
는 약탈자의 유전자가 있다. 인생의 고통은 이 냉엄한
사실들을 받아들이지 않으려 마음을 외틀었을 때 생기
곤 했다. (……) 자연의 본질은 어둠과 밝음, 선과 악, 쾌
와 불쾌 어느 한쪽에도 치우치지 않고 '그저 그러함'이다.
(……) 세상과 나는 둘이 아니었다. 그 사실을 가난하고
겸허한 마음으로 받아들인다. 여기서 멈춘다면 삶은 너
무 삭막하고 의지할 곳 없이 쓸쓸해진다. 그러므로 인간
내면에 자리 잡은 자기 갱신의 욕구와 무조건적인 헌신
이 얼마나 고귀하고 아름다운지도 기억하려고 애쓴다.

– 정희재, 『다시 소중한 것들이 말을 건다』에서

막막하고 가슴 아픈 현실 속에서도 쉬운 절망에 앞서 "인간
내면에 자리 잡은 자기 갱신의 욕구와 무조건적인 헌신이 얼마
나 고귀하고 아름다운지" 기억하고 닮아야겠다고 마음을 다잡습
니다. '인간'이라는 짧고 다층적이고 잔인하고 아름다우며 깊이
를 알 수 없는 존재에 절망하지 않기 위하여.

모든 것을 결정짓는 한순간

서로에게 물들며 진화하는 삶

뜨거운 밥 앞에
무릎을 꿇고

해마다 느끼는 거지만 익은 벼의 황금빛은 정말 고와요. 미야자키 하야오의 애니메이션 〈바람계곡의 나우시카〉에서 파란 옷을 입은 나우시카가 걷던 장엄한 황금빛 들판처럼 눈부시지요. '황금 들판'이라는 표현은 진부하고 상투적이지만 무르익은 벼들이 넘실대는 들판에 서면 황금빛이란 표현에 그냥 승복하고 싶어집니다. 단순한 색채 묘사를 넘어선 묵직한 포만감과 충만감이 그 속에 내포되어 있는 듯해요.

추수하는 날, 함께 농사짓는 세 가족이 논에 모였습니다. 일찌감치 논물을 빼낸지라 논바닥은 적당히 말라 있었어요. 그 많던 우렁이들도 논물 뺄 때 다 쓸려갔는지 보이지 않았습니다. 커다란 콤바인이 논에 들어서자마자 순식간에 벼를 베면서 지나갑니다. 낟알들을 바로 훑어서 기계 안으로 삼키고 볏짚은 뒤로 뱉어내요. 추수와 탈곡이 동시에 됩니다. 김매기 할 땐 논에 들어가 종일토록 허리 굽혀 일하느라 힘들었는데, 추수는 기계가 금세 해치우니 생각보다 쉬워요. 사람들은 기계가 놓친 벼 포기를 베거나 떨어진 이삭을 줍습니다.

올해는 수해로 논의 일부가 쓸려나간 데다가 못자리한 모가 짧아서 논물이 얕아지는 바람에 피가 많이 솟았어요. 그 피를 매느라 여러 차례 논에 들어가 애를 썼지만 수확량은 작년에 비해 많이 떨어졌네요. 볍씨와 못자리, 논 갈기, 논 쓸기, 모내기, 우렁이, 유기질 비료, 추수비 등등의 비용을 제하고 논 주인에게 도지 두 가마 드리고 나니, 함께 농사짓는 세 가족 1년치 먹을 쌀 정도 남았습니다.

콤바인 안으로 들어간 알곡은 트럭 짐칸에 실린 커다란 자루로 옮겨져 건조장으로 갑니다. 건조장에서 말린 벼 포대 중 일부를 정미소에 가져가 현미 백미 두 종류로 찧었어요. 묵은쌀이 다 떨어져갈 때 이렇게 햅쌀을 맞이합니다. 우리 가족이 농사지어 거둔 따뜻한 햅쌀밥 한 그릇을 앞에 두니, 이 시가 떠오르네요.

우주의 중심은 어디?

식탁 한가운데 오른 밥

천수답에 잠긴 하늘에서 건져 올린 달

어머니 물 항아리에서 건진 별

거울보다 더 환하게, 아프게

눈을 찌르는 무색무취의 빛

고가도로를 과속으로 달려와, 밥

앞에 무릎을 꿇네

뜨겁게 서려오는 하얀 김

얼굴 붉어지네

밥이 무거운 법法이네

안됨

– 김석환 시, 〈밥이 법이다〉 부분

    매일 밥을 먹어왔지만 마치 처음 먹는 밥 같아요. "고가도로
를 과속으로 달려와" 이윽고 "밥 앞에 무릎을 꿇"고, 내 안에서
식물성의 기쁨이 발아하는 걸 지켜보았습니다.

가을걷이를
마치다

겨울을 앞두고 마음이 바쁩니다. 얼기 전에 잊지 않고 갈무리해야 할 것들이 많거든요. 바깥 수도 부동전의 물을 빼고, 봄부터 써온 호스는 둘둘 감아 창고 안에 들여놓았습니다. 보일러 배관과 지하수 모터가 얼지 않도록 열선을 꽂고, 논에서 거두어 온 볏짚으로 추위에 약한 어린 나무들을 감싸주었지요. 닭장에도 비닐을 쳐주었습니다. 어른 닭이야 어지간한 추위는 견딜 수 있지만 가을에 깨어난 병아리들에겐 추위가 치명적이거든요. 중병아리들끼리 서로 몸을 맞대고 웅크려 떠는 모습이 몹시 짠했는데 이제 한시름 놓았습니다.

고구마도 다 캤고, 들깨와 서리태와 팥은 비닐집 안에 말렸다가 작대기로 털어서 갈무리했어요. 밭의 고춧대도 서리 내리기 전에 다 뽑았고요. 끝물 풋고추는 소금물 끓여 부어 항아리에 삭히고, 고춧잎은 데쳐서 나물을 무쳤어요. "가을에는 부지깽이도 덤벙댄다."는 말이 실감날 만큼 일거리는 산더미인데 일손은 부족하니 마음이 허둥댑니다.

가을걷이 끝났다고 밭이 완전히 비워지는 건 아니에요. 양파·마늘 심는 철이 지금이거든요. 고구마 캔 빈자리에 퇴비와 계

분과 나뭇재를 섞어 평이랑을 짓고, 양파 석 단과 마늘 한 접을 다 심은 후 짚으로 덮어주었어요. 양파와 마늘은 혹독한 겨울을 밭에서 난 후 내년 봄에 알이 굵어집니다.

마지막으로 밭에 남은 배추와 무, 쪽파를 거두었습니다. 무청은 엮어서 헛간에 걸고, 무로는 동치미와 무말랭이를 만들었어요. 속이 찬 배추 70포기로는 김장을 합니다. 배추를 네 조각으로 갈라 켜켜이 소금 뿌려 커다란 고무 대야 두 개에 가득 절여 놓고, 찹쌀풀과 육수를 끓이고 고춧가루와 갖은 재료로 양념을 만들어요. 1박 2일로 치러내는 김장 일거리는 만만치 않아요. 하지만 갓 버무린 생김치에 김이 모락모락 오른 돼지고기 수육을 얹어 먹는 맛에 고된 김장 노동의 피로를 잊습니다. 김장까지 다 마치고 나면 비로소 한 해의 일거리가 마감되었다는 안도감에 한숨을 돌려요.

모든 것을
결정짓는 한순간

겨울 입구에 들어서면 한갓진 마음이 됩니다. 화목 보일러에 불을 잔뜩 넣고 주위를 둘러보니 마른 잎들 사이로 점점이 붉은 열매들이 보여요. 한들한들 뒷짐 지고 숲으로 걸어 들어갔어요. 산초는 껍질만 남았고, 인동 열매는 거의 안 남았는데, 선연히 붉은 찔레 열매가 유독 곱습니다.

붉고 단단한 찔레 열매는 쉬 떨어지지 않아 한겨울까지 오래도록 볼 수 있어요. 댕댕이덩굴 열매는 머루처럼 앙증맞고 예쁘네요. 서리 내린 아침 숲길에 핀 샛노란 노박덩굴 열매를 보는 순간 매화꽃 본 듯 설렜어요. 노박덩굴은 금방울 같은 노란 열매가 여물어 세 갈래로 터지는데 그 속에서 드러난 빨간 씨앗을 새들이 아주 좋아합니다. 겨울새들의 비상식량으로는 선연한 붉은빛 낙상홍 열매도 빼놓을 수 없지요.

식물의 한살이가 응축된 이 작은 열매들은 이제 배고픈 겨울새들의 몸을 거쳐 어딘가로 이동할 거예요. 다음 생을 결정하는 모든 기억과 정보를 탑재한 작은 우주선이지요. 생애 절정의 순간을 한 점에 가두어 다음 생으로 전할 수 있다니, 생명살이의 핵심엔 군더더기가 없습니다.

저마다의 일생에는, 특히 그 일생이 동터 오르는 여명기에는 모든 것을 결정짓는 한순간이 있다. 그 순간을 다시 찾아내는 것은 어렵다. 그것은 다른 수많은 순간들의 퇴적 속에 깊이 묻혀 있다. 다른 순간들은 그 위로 헤아릴

늦가을 산길에서 댕댕이덩굴을 만났습니다.
짙푸른 열매가 작은 머루 같아요.

수 없이 지나갔지만 섬뜩할 만큼 자취도 없다.

- 장 그르니에, 『섬』에서

"모든 것을 결정짓는 한순간", 이 대목에 시선이 감전된 듯 붙들립니다. 지나온 세월의 기억이 희미해 그 시절이 내게 있긴 했었는지 가끔 아득한 느낌이 들지만, 내가 속했던 시공간의 수많은 순간들이 "섬뜩할 만큼 자취도 없"이 사라진 후에도, 지리멸렬한 "순간들의 퇴적 속에 깊이 묻"힌 어느 한순간만은 또렷이 기억할 수 있습니다. 초라한 영혼에 불꽃이 점화되던 순간이니까요.

삶이 결정적으로 꺾이거나 상상 못 할 각도로 휘어졌던 경험이 있습니다. 돌아보면 그 변곡점에서 인생의 큰 틀이 판가름 났다는 생각이 드는군요. 믿어 의심치 않던 강고한 세계가 한낱 허구였음이 확인될 때의 당혹감, 특정한 만남 혹은 사건의 충격이 인생 전체에 일으킨 파열음, 옳고 그름의 잣대도, 도덕과 부도덕의 경계도 버린 채 원점에서 자문해야 했던 인생의 의미……. 혼돈과 괴로움의 터널을 통과한 끝에 얻게 된 인식은, 그때까지 완벽하다 믿어온 세계를 해체시켰습니다.

고통과 절망 속에 작은 돈오의 기회가 내포되어 있을지 모릅니다. 인생은 얄궂어서, 곳곳에 내장된 지뢰들을 예고 없이 터뜨려 삶의 진로를 극적으로 바꾸어 놓지요. 우리는 예상 가능한 삶을 살 수 없지만, 피하려야 피할 수 없는 막다른 길에서 단단한 씨앗 같은 핵심을 마주치기도 합니다. 이생의 꽃 진 자리에 다음 생이 맺히듯이.

서로에게
물들다

잠결에 늦가을 비가 유리창을 두드리는 소리를 들었습니다. 느지막이 일어난 아침, 부스스한 머리를 긁적이며 거실로 나가 블라인드를 올리는 순간, 깜짝 놀랐어요. 아! 단풍이 밝네! 가을비 촉촉이 내리는 아침, 자작나무·개화나무·단풍나무 잎이 등불처럼 환했어요. 순간 머릿속에 불 켜지듯 환히 떠오르는 구절이 있었습니다.

"나겹이 아주 밝은 날."

초등학교 1학년 어느 가을날, 아이가 일기장에 썼던 '오늘의 날씨'예요. '낙엽'은 '나겹'이라고 틀리게 쓰면서 '밝은'은 어찌 그리 정확히 썼나, 신기해했던 기억이 납니다. 그땐 '밝은' 느낌을 머리로만 이해했는데 오늘 그 밝음을 확연히 보았네요. 아,

밝구나, 밝아. 정말 밝네…….

도시에 살 땐 짧은 가을을 슬퍼하고 추운 겨울을 싫어했어요. 하지만 이젠 모든 계절이 다 좋네요. 짧고 눈부신 가을도 좋고, 긴 겨울의 휴식도 좋고, 봄날 새순의 생동감도, 뜨거운 여름의 땀방울도 좋습니다. 모든 계절이 완벽하고, 모든 삶의 사이클에 빈구석이 없어요. 그 흐름 안에서 순연히 나이 들어갑니다.

눈이 시리게 밝은 단풍을 넋 놓고 바라보고 있자니, 법륜 스님의 책 『인생수업』의 부제가 떠오르는군요. "잘 물든 단풍은 봄꽃보다 아름답다."

나도 잘 물들고 있는 걸까? 곰곰이 생각합니다. 의식할 수조차 없는 수많은 인연들이 나를 물들여 왔어요. 나 또한 의식하지 못하는 사이에 누군가를 물들였을 테지요. 엄청난 인연과 인과의 사슬에 얽혀 내 몸과 마음에 스며든 이들이 내 안에서 나로 살아갑니다. 한 생애의 경험과 기억은 유전자에 새겨져 다음 세대로 전달되겠지요. 나라는 유기체는 단독으로 존재할 수 없어요. 나는 나인 동시에 타자입니다.

아이를 키우는 일은 아이의 인생에 나의 인생을 송두리째 뒤섞는 일이에요. 내 삶의 색채로 아이를 물들이는 일이지요. 생각하면 두려운 일입니다. 누군가를 사랑하는 일도 존재가 통째로

섞이는 일입니다. 폭풍이 휘몰아쳐 뿌리 뽑힌 자아 위에 생명 하나가 돋는 일이지요. 마음을 준다는 것은, 사랑한다는 것은, 결국 존재가 변화하는 일입니다. 사랑받는 상대가 아니라 사랑하는 내가 달라지지요. 생의 충동과 열정이 내면에서 일고 이제껏 경험해보지 못한 새로운 시선을 획득하게 됩니다. 그때의 나는 이전의 나와 다른 존재예요. 우리는 상대를 통해 진화합니다.

> 우리는 경험들의 교향곡이다. 내 인생에서 중요한 전기나 방향 전환에는 거의 매번 뒤에서 거든 조언자가 있었다. 나를 염려한 사람, 내가 유대를 느낀 사람, 내 시야를 틔우거나 기상을 불어넣은 사람이 있었다. (……) 레프티는 자신이 죽은 뒤에도 영혼의 일부가 살아남으리라는 사실을 몰랐을 것이다. 그런 생각은 해보지도 않았을 것이다. 그러나 실제로 그렇다. 그의 믿음과 조언은 그가 내게 남긴 유산이다.
>
> — 베른트 하인리히, 『생명에서 생명으로』에서

소년 시절 학교 육상팀의 그저 그런 실력의 선수였던 베른트 하인리히는, 학교 우편물 배달 일로 소도시의 우체국장 레프티를 알게 되면서 몸과 마음이 극적으로 달라집니다. 레프티에게 자기 능력을 보여주기 위해 소년은 더 열심히, 더 빨리, 더 오래 달리기 시작하지요. 그리하여 마침내 고교 육상 기록을 세우며 매 경기를 제패합니다. 대체 그에게 무슨 일이 일어났던 걸까요? 그는 이렇게 말합니다. "나는 알 것 같다. 나는 예전의 베른트 하인리히가 아니었다. 육체마저 예전과는 달랐다. 내 몸에는 이제 '레프티' 굴드라는 남자의 기백이 담겨 있었다."

어떤 관계는 삶을 바꿉니다. 지나온 세월, 나는 누구의 삶에 어떤 의미로 스며들었을까요.

세상의 중심은 '나'가 아니다

별을 보며 지상의 삶을 돌아보다

우리가
알지 못하는 세계

닭장 뒤쪽 여기저기에 웬 알들이 흩어져 있습니다. 얼핏 보면 달걀 같아요. 닭들이 돌아다니며 풀밭에 알을 낳아 놓았을까요? 크기가 제각각인 걸 보니 그건 아니네요. 가까이 들여다보니 버섯입니다. 우리가 흔히 보는 버섯들이 우산갓을 펼치면서 피는 것과는 달리 동글동글한 알 모양의 버섯들이 땅바닥에 흩어져 자라고 있어요.

이름이 뭘까? 아마 달걀버섯일 거야. 내 맘대로 작명부터 해놓고 인터넷을 검색해보니 달걀버섯이란 게 있긴 있네요. 하지만 노란색 혹은 빨간색의 타원형 버섯이 우산처럼 펼쳐지며 피는 걸 보니 내가 찾는 버섯은 아니에요. 그럼 알버섯일까? 찾아보니 알버섯도 있습니다. 축구공 크기만 한 댕구알버섯은 희귀종이고, 그 귀하다는 송로버섯도 알버섯의 일종이라는군요. 내가 찾는 버섯은 '황토색어리알버섯'이라는 이름을 가진 계란 크기의 알버섯이었습니다. 갓도 기둥도 없이 동글동글 키지다가 성숙하면 표면에 구멍이 나면서 마치 풍선의 바람이 빠지듯 까만 포자가 날리더군요.

그런데 자세히 보니 우리 집 알버섯은 두 종류였어요. 하나는 속이 까만 황토색어리알버섯이 맞는데, 다른 하나는 하얀 속이 팝콘처럼 터지며 쪼개지는 걸로 보아 다른 종류 같아요. 성숙하기 전의 겉모습은 달걀 모양으로 비슷한데 성숙한 뒤의 모양은 확연히 다르네요. 팝콘처럼 터지는 이 버섯의 이름을 알고 싶어 여러 곳을 뒤졌지만 끝내 찾아내지 못했습니다.

지금까지 파악된 우리나라 버섯의 종류는 2천여 종이라고 해요. 그러나 아직 이름도 붙이지 못한 버섯들이 무수하다고 합니다. 파악하지 못한 세계가 어디 버섯뿐이겠어요. 지금까지 인류가 명명한 생물 종은 150~180만 종이라는데, 아직도 명명하지 못한 현존하는 종의 숫자는 1억 종 이상으로 추정된다고 하는군요.

가을

닭장 뒤쪽 비탈에 동글동글한 알들이 여럿 흩어져 있어요.
달걀처럼 보이지만 알버섯입니다.

인간의 감각 혹은 과학 문명의 도구를 빌려 감지하고 파악하게 된 일부 범주 안에서 우리는 살아가고 있습니다. 우리가 안다고 믿는 세계는 지극히 협소하고 빈곤하지요. 지금도 새로운 조류와 포유류가 해마다 몇 종씩 발견되고 있고, 땅속과 바닷속의 방대한 미생물과 세균들은 대부분 미지의 영역입니다. 섭씨 105도로 끓는 심해의 화산 열수공에서도 거뜬히 증식하는 미생물이 있는가 하면, 어마어마한 방사성 에너지에도 죽지 않는 슈퍼 세균도 있지요. 우리가 감각하는 생존의 한계를 뛰어넘는 생명들의 미스터리에 입이 벌어집니다. 상상하기 힘든 미시 세계로부터 광대한 우주의 비밀에 이르기까지 인류는 이제야 그 일부를 엿보기 시작했어요.

생화학자들은 광합성과 호균성 생물의 복잡한 호흡 과정을 밝혀냈으며 심지어 인간의 유전자 코드까지도 알아냈다. 그러나 우리가 생태라고 부르는 영역, 즉 유기체들과 그들의 환경 사이의 연결은 아직도 거대한 미지의 캔버스로 남아 있다. (……) 우리는 달나라에 가는 세상에 살고 있지만 아직도 우리의 뒷마당에서 무슨 일이 일어나고 있는지는 모르고 있는 것이다.

— 조안 말루프, 『나무를 안아보았나요』에서

오리온성좌의
붉은 귀퉁이 별

선배 가족이 우리 집에 놀러왔습니다. 함께 저녁을 먹고 술도 몇 잔 나누다가, 담배라도 피울 듯이 슬그머니 집 밖으로 나갔던 선배가 잠시 후 머리를 싸쥐고 비틀비틀 들어왔어요. 이마에서 피가 많이 흘렀습니다. 상처가 꽤 컸어요. 급히 119를 불렀지요. 대체 어찌된 일인가 물으니 북두칠성 찾다가 돌부리에 걸려 넘어졌답니다. 적막한 시골의 밤하늘, 맑은 별빛을 보니 어린 시절 별자리 찾던 추억이 떠올랐었나 봐요. 도시 하늘에선 잘 안 보이는 별자리 찾다가 모질게 엎어졌으니 그야말로 눈앞에서 별이 번쩍번쩍했겠지요.

시야를 방해하는 인공의 불빛이 없는 곳에선 달빛 별빛이 잘 보입니다. 보름 무렵이면 달빛이 얼마나 밝은지, 한밤중에도 들판을 가로지르는 고라니의 등허리를 뚜렷이 볼 수 있어요. 반짝이는 도시의 빛무리 속에 살 땐 달빛이 이토록 숨 막히게 환한 줄 몰랐습니다. 낮처럼 밝은 도시의 밤은 노동과 놀이의 시간을 연장하는 대신 달빛 별빛을 잃었지요. 밤하늘은 항상 거기 있고 별들도 항상 거기 있지만 우리는 그것을 더 이상 보지 않게 되었어요. 지상의 '중대하고' '거창하고' 때론 '절박한' 것들에 빠져

허우적대느라 별을 잊고 삽니다. 『어린 왕자』에 나오는 왕과 술꾼과 사업가와 점등인처럼요.

밤하늘을 올려다볼 때면 나는 버릇처럼 오리온성좌를 먼저 찾습니다. 별 4개가 사각형을 이룬 가운데 단춧구멍처럼 나란히 박혀 있는 세 쌍둥이 별이 특이해서 쉽게 찾을 수 있어요. 오리온성좌의 왼쪽 위 귀퉁이 별은 육안으로도 알아볼 만큼 붉습니다. 이름이 베텔게우스인데 내겐 기이한 상상과 묘한 전율을 불러일으키는 별이지요.

베텔게우스는 지름이 태양의 900배에다 밝기도 12만 배나 되는 어마어마한 적색 거성입니다. 흥미로운 건 이 별이 수천 년 내로 폭발하거나 어쩌면 이미 폭발했을지도 모른다는 거예요. 지구로부터 640광년 거리이니, 만약 폭발했더라도 우리가 살아 있는 동안에 그 빛이 지구에 도달하는 걸 보긴 어려울 것 같네요. 수천만, 수억 광년의 거리가 예사로운 광대한 우주에서 640광년쯤이야 이웃집 거리나 다름없겠지만, 지극히 짧은 순간을 살고 가는 인생에게는 이조차도 실감하기 만만치 않아요. 베텔게우스는 지금 폭발하고 있을까요? 아니면 이미 수백 년 전에 폭발했을까요? 폭발한 별빛이 지금 계속 달려오는 중이라면, 그래서 혹시라도 운 좋게 살아생전 그 빛을 보게 된다면, 최소한 몇

주 동안은 밤이 낮처럼 환한 날들을 경험하게 될 거라고 합니다.

오리온성좌의 붉은 귀퉁이 별을 볼 때마다 빛의 속도로 달려오는 640년의 거리를 상상합니다. 지금 내가 보는 붉은 빛은 640년 전 별의 잔상일 테고, 이 순간 동시간대에 존재하는 베텔게우스 별빛은 640년 후 미래 지구의 누군가에게 비치겠지요. 그리고 보면 지구에서 잠시 몸을 형성해 움직이다가 스러지는 생명체에게 허용된 몇십 년이란, 참으로 눈 깜박할 찰나가 아닐 수 없네요. 상상하면 아득하고 아찔한 노릇입니다.

독립된
'나'란 없다

모든 생명체는 별로부터 그 몸을 받았다. 그러므로 별은 살아 있는 모든 것들의 어버이다. (……) 우리 몸을 이루고 있는 원소들, 곧 피 속의 철, 치아 속의 칼슘, DNA의 질소, 갑상선의 요오드 등 원자 알갱이 하나하나는 모두 별 속에서 만들어진 것이다. 이것은 비유가 아니라 말 그대로 진실이다. (……) 사람은 별의 작은 한 조각인 셈이다.

— 이광식, 『천문학 콘서트』에서

우리는 우연한 기회에 별로부터 몸을 얻어 잠시 움직이며 살다가 이내 소멸해 별의 일부가 되고 마는 작은 별 조각에 불과합니다. 그럼에도 내가 우주 잔해의 한 티끌이라는 걸 잊고 살아요. 머리로는 이해할지라도 몸과 감정은 따라가지 못합니다. 짧은 생애에 익힌 개별적 체험익 영역에서 못 빠져나우는 건 상상력이 부족해서일까요. 아니면 한순간에 소멸할 자아를 영원한 것으로 인식하는 환상이 너무 달콤한 걸까요. 매번 이 한 몸뚱이가 세상의 중심인 양 착각하고 삽니다. 독립된 '나'가 존재하는 줄 알아요.

그러나 독립적인 나란 없습니다. 나의 사고, 나의 행동, 나의 생존은 나 아닌 것들에게 절대적으로 의존하고 있거든요. 민들레도 고양이도 참새도 귀뚜라미도 물고기도 사람도 다 생명체이지만, 먹고 숨 쉬고 움직이는 생명의 기본 전제는 개체의 외부에 있지요. 외부에서 공급받는 에너지가 단절되면 생명으로서의 기능도 끝이 납니다. 내 식량의 원천인 동식물, 들숨과 날숨을 보장하는 대기, 그리고 이 모든 것을 존재하게 하는 태양 에너지, 이것이 없다면 나는 한시도 '생명'으로 존속할 수 없어요. 지구상의 모든 생물이 다 그렇습니다.

장회익 선생은 "생명의 신비는 생명체(낱생명) 자체에서 오는 것이 아니라 그것과 밖에 놓인 무엇(보생명) 사이의 관계에서 온

다."면서 "외부에서 본질적 지원을 받지 않고도 생명활동을 지탱할 수 있는 생명의 온전한 모습"을 '온생명'이라는 개념으로 설명합니다.

> 우리 온생명은 공간적 규모에서 태양과 지구를 포함하게 되며, 시간적 규모에서 대략 40억 년 동안 성장 과정을 거쳐 온 것이다. 이 인과적 사슬뭉치에서 벗어난 그 어떤 것도 따로 생명 노릇을 할 수 없다. (……) 나는 한 개체로서 10년, 20년 혹은 60년, 70년 전에 출생한 그 누구누구가 아니라 이미 40억 년 전에 태어나 수많은 경험을 쌓으며 살아온 온생명의 주체이다. 내 몸의 생리 하나하나, 내 심성의 움직임 하나하나가 모두 이 40억 년 경험의 소산임을 나는 알아야 한다. 그러니까 내 진정한 나이는 몇십 년이 아니라 장장 40억 년이며, 내 남은 수명 또한 몇 년 혹은 몇십 년이 아니라 적어도 몇 십억 년이 된다. 내 개체는 사라지더라도 온생명으로 내 생명은 지속된다.
>
> — 장회익, 『공부도둑』에서

"내 진정한 나이"는 "장장 40억 년"이며, "내 개체는 사라지더라도 온생명으로 내 생명은 지속된다."는 대목에서 가슴이 두근

거려요. 한 개체의 생성과 쇠락과 소멸에 대한 관점이 우주적 시각으로 확장됩니다. 생존의 한계가 명백한 육체 안에 갇힌 존재로서, 개체 생명에 대한 집착을 내려놓고 지구의 탄생과 소멸의 시간 속에 스스로를 자리매김하는 선생의 유장한 시야가 놀라워요.

광대한 우주 속
부스러기 별 지구

지구별의 어린 왕자처럼 천진난만한 오라버니가 계십니다. 혈연지간은 아니지만 가까이 살며 오누이처럼 오가는 이웃이지요. 낼모레 칠순이신데도 어른의 권위를 내세우기는커녕 어린아이처럼 명랑하고 장난스럽고 유머가 넘치는 천생 소년입니다. 바람개비 돌리기, 밤하늘의 별 보기, 어려운 수학 문제 풀기를 좋아하는 그는 『천문학 콘서트』를 비롯해 여러 권의 천문학 책을 쓰셨는데, 그 덕에 별 세계 문외한이던 나도 하늘과 우주의 일에 대해 조금은 일별하게 되었지요.

오라버니 말씀에 따르면, 우리가 사는 태양계의 전체 질량 중 태양이 차지하는 비율이 무려 99.87퍼센트라고 해요. 그 태양을 제외한 나머지 0.13퍼센트 중에서 목성과 토성이 다시 90퍼센트를 차지하고요. 그렇다면 지구는 도대체 얼마나 작은 별이란 말인가요? 지구는 태양계 안에서도 아주 작은 부스러기에 불과합니다. 그러나 좀 더 시야를 넓혀 우리은하 입장에서 본다면 태양계도 한 점에 불과하지요. 더 시야를 넓혀 본다면, 우리은하 역시 광대한 우주 속 수천억 은하들 중에서는 미미하게 흩날리는 먼지일 뿐이고요.

이렇게 엄청난 우주 공간에서 별들은 1초에도 수십, 수백 킬로미터씩 제각기 움직이고 은하들 역시 한시도 멈춰 있지 않습니다. 태양계는 초속 220킬로미터로 순행하고, 지구는 초속 30킬로미터로 태양 주위를 돌며, 우주는 초속 70킬로미터의 맹렬한 속도로 무한 팽창을 계속하고 있지요. 그 속에서 수많은 별들이 탄생과 죽음의 윤회를 거듭하고요.

별자리도 영원하지 않아요. 북쪽 하늘의 붙박이별인 북극성은 1만 2천 년 뒤에 거문고자리 알파별인 직녀성에게 북극성의 자리를 내어주게 될 거랍니다. 20만 년 정도가 흐르면 하늘의 모든 별자리는 완전히 달라져서 북두칠성조차 찌그러진 됫박 모양이 된다지요. 달도 해마다 지구로부터 3.8센티미터씩 멀어지고 있는데, 10억 년 후면 3만 8천킬로미터나 멀어져 지구의 자전축이 기울게 된대요. 그렇게 되면 양극의 빙원이 녹고, 지구의 반은 얼어붙고 반은 사막으로 뒤덮여 동식물들의 대량 멸종을 피할 수 없게 됩니다.

태양 역시 영원하지 않아요. 64억 년 후 태양은 표면 온도가 내려가면서 지구 궤도까지 삼킬 만큼 팽창하여 적색 거성이 됩니다. 지구는 물 한 방울 없이 바짝 말라붙은 채 대기가 전혀 없는 행성이 되고요. 78억 년 후, 태양은 대폭발을 일으킵니다. 지구를 비롯한 태양계의 모든 천체들이 태양의 잔해와 함께 우주 공간으로 흩뿌려질 거예요. 그 잔해로 이루어진 성운의 고리가 멀리 해왕성 궤도까지 미치게 될 거라는군요.

그러나 수십억 년 뒤 태양이 지구를 태워버릴 것을 미리 걱정할 필요는 없을 것 같습니다. 지금 이대로 간다면 몇천 년 내로 인간의 탐욕이 지구를 망가뜨릴 게 분명하니까요. 인간의 무분별한 개발로 지구는 큰 위험에 처해 있지요. 남북극의 빙하가 녹고 지구의 허파인 아마존의 열대 우림이 무서운 속도로 사라져 가고 있어요. 환경학자들은 기온이 지금보다 2도만 더 높아져도 돌이킬 수 없는 파국이 올 거라고 경고합니다. 인간의 이기심과 욕망의 끝은 파멸입니다.

스티븐 호킹이 우주 개발을 서둘러 지구를 탈출할 준비를 하는 게 현명할 거라고 했다는데, 과연 그게 가능할까요? 지구 같은 행성이 혹시 우주 가운데 있다 하더라도 우주선으로 가는 데

는 최소 수백만 년에서 수천만 년이 걸릴 텐데요. 차라리 지금
이 지구를 잘 보존하고 상생하는 길을 찾는 게 훨씬 쉽고 현명한
방법일 거예요. 이대로라면 지구가 몇 개 있어도 모자랄 판국입
니다.

인류의 가차 없는 확장은 지금도 계속되고 있다. 이 때문
에 더 많은 동식물들이 대량으로 절멸되고 있다. 처음에
는 대형 육상동물들이 주로 절멸되었지만 이제는 물고
기, 양서류, 그리고 식물이 대량으로 사라지고 있다. 새벽
이 오지 않는 절멸의 밤은 강, 호수, 하구, 산호초, 그리고
심지어는 해양에서까지 깊어가고 있다. (……) 인류는 이
세상에 천사와 같은 존재로 내려온 것이 아니다. 또한 우
리는 지구를 정복하러 온 외계인도 아니다. 우리는 이곳
에서 수백만 년 동안 많은 종들 중 하나로 진화해왔으며,
다른 생물과 연결된 경이로운 생명으로서 존재하고 있
다. 우리가 쓸데없다고 무시하고 무모하게 취급하는 자
연 환경은 우리의 요람이자 보육원이고, 학교이자 유일
한 가정이다.

— 에드워드 윌슨, 『생명의 미래』에서

인간은
우주의 중심이 아니다

어렸을 땐 인생이 너무 길고 지루해 보였어요. 흙마당에 쪼그려 앉아 개미집을 싫두록 들여다보아도 하루해는 쉬 지물지 않았지요. 청소년 시절엔 어서 빨리 자라 어른이 되고 싶었습니다. 답답한 학교와 우중충한 교복에 갇혀 획일적인 규제의 대상이 되는 게 싫었어요. 세월이 흘러 그토록 갈망하던 '어른'의 세계에 들어선 지도 어언 수십 년, 이제는 인생이란 너무나 짧아서 찰나에 명멸하는 깜박임에 지나지 않는다는 사실을 알아요. 눈 한번 감았다 뜨면 한 생애가 저뭅니다.

　이 사회의 지상 가치는 '성공'이며 '성공'의 기준은 두말할 것도 없이 돈이지요. 물신物神이 지배하는 사회에서 모두가 성공을 탐하지만 그것은 늘 소수의 전유물일 뿐 다수는 불공정한 룰 아래 절망합니다. 그렇다고 남보다 더 윗자리에 올라서고 남보다 더 많이 획득한 소수가 행복한 것도 아니지요. 원하는 물건을 손에 넣거나, 원하는 대학에 들어가거나, 원하는 직장을 얻거나, 원하는 이성을 내 사람으로 만들거나, 원하는 대형 아파트로 이사를 한다 해도 문제는 해결되지 않습니다. 욕망이 채워지면 또 다른 욕망이 고개를 들어요. 인생은 늘 목마르고 불만족스럽지요. 끝없이 이어지는 탄탈로스의 고통입니다.

그 괴로움의 핵심에 '나'가 있어요. 나를 중심으로 세상이 돌아가야 할 것 같은 욕망이 있고, 내가 사는 세상이 영원할 것 같은 착각이 있고, 나는 남보다 특별해야 할 것 같은 몽상이 있습니다. 그러나 세상의 중심은 '나'가 아니에요. 우리가 사는 지구라는 땅덩이도 광대한 우주 속에 흩어진 수많은 티끌 중 하나일 뿐인 걸요. 코페르니쿠스가 단언했듯이, 인간은 우주의 중심이 아닙니다. 인간 역시 별들 속에서 생겨난 헤아릴 수 없이 수많은 생명 중에 아주 작은 일부일 뿐이에요.

코스모스의 발견은 바로 '어제' 일어난 사건이다. 지난 100만 년 동안 우리는 지구 이외에 또 다른 세상이 있을 수 없다고 확신해왔다. 그것에 비교한다면 아리스타르코스에서 현대까지의 기간은 0.1퍼센트에 불과한 찰나일 뿐이다. 오늘에 와서야 우리는 우리가 우주의 중심이 아니며 우리의 존재가 우주의 목적일 수도 없다는 현실을 마지못해 받아들이기 시작했다.

— 칼 세이건, 『코스모스』에서

뒤바뀐 헛된 꿈속에 사느라 실상을 보지 못하는 것을 전도몽상顚倒夢想이라 하지요. 우리가 인류라 부르는 영장류는 지구별의 파괴적 지배자가 될 권리를 태초의 신으로부터 위임받기라도 한 양, 망가뜨리고 오염시키고 죽이는 일에 거침이 없습니다. "인간은 도자기 진열실에 들어간 코끼리처럼 자연을 짓밟고 있다." 네덜란드의 과학자 C. J. 브리예르의 비유가 절묘해요. 지구 나이 40억 년의 끝자락에 잠깐 발생한 이 영장류는 불과 몇백 년 사이에 지구 생태계 전체를 위험에 몰아넣을 만큼 막강해졌습니다. 인류는 자신이 자연의 일부임을 잊은 듯합니다. 전지전능해지는 욕망의 꿈을 깨고 싶지 않을지도요. 그러나 꿈은 꿈일 뿐, 몽상이 실상일 수는 없습니다.

인간은 우주의 중심이 아니라고 일갈한 16세기 천문학자의 선언은 21세기에 한 진화생물학자의 글에서 또 다른 변주로 읽힙니다.

세상은 나를, 또는 인류를 중심으로 돌아가지 않는다. 자연계의 인과적 중심이 만들어지는 데 인간은 전혀 기여하지 않았다. 생명은 우리를 초월한다.

— 데이비드 조지 해스컬, 『숲에서 우주를 보다』에서

짧은 인생의 시간을 온통 지상의 것들에 골몰하며 괴로워하던 중에 문득 올려다본 밤하늘, 붉은 베텔게우스를 보며 다시 심호흡을 합니다. 영원할 것 같은 우주 공간의 별들도 광대한 우주의 시간에서 보면 끊임없이 생성·변화·소멸하는 과정에 있을 뿐이지요. 지상의 삶이 영원할 것처럼 탐욕을 부리고 아귀다툼을 벌이며, 거짓으로 참을 덮고 몽상으로 실상을 가리는 비루한 권력의 민낯을 보며, 우주를 떠올립니다. 뜻대로 되지 않는 세상을 향한 속앓이로 괴로움의 윤회를 반복하는 나의 집착도 바라봅니다.

이순耳順을 훌쩍 넘긴 나이에도 "지는 해를 보는 것만으로도 가슴이 뛰는" 오라버니처럼 해맑은 어린아이의 마음으로 지구상의 짧은 한때를 잘 지나가고 싶습니다. "우리는 뒹구는 돌들의 형제며, 떠도는 구름의 사촌이다."라는 천문학자 할로 섀플리의 한마디를 가슴에 새기면서.

나는 소망해본다. 내가 떠난 뒤 또 다른 '내'가 와서 살아갈 이 행성이 이대로 영원히 아름답기를. 지금 이보다 아름다운 세상은 다시없을 테니까.

– 이광식, 『천문학 콘서트』에서

겨울

욕망의 시대에 사라지는 것들

불을 지피며 숲을 생각하다

든든한 땔감,
고마운 온기

가을비 내린 후부터 기온이 뚝 떨어졌어요. 바야흐로 화목보일러에 불 지피는 계절이 돌아왔습니다. 막바지 가을걷이로 고단한 몸에 뜨끈한 방바닥은 크나큰 위로지요.

우리 집 땔감은 간벌한 숲에서 가져온 잣나무, 참나무, 아까시나무 들이에요. 숲의 안쪽엔 간벌만 해놓고 치워내지 못한 나무들이 여기저기 흩어져 있습니다. 버려진 채로 눈비에 썩어가는 나무들을 보면 무척 아까워요. 하지만 그걸 가져다가 연료로 쓸 사람은 이 동네에 많지 않습니다. 동네 어르신들은 대부분 전기보일러나 기름보일러를 쓰시거든요. 나무하는 일은 너무나 힘들고 강도 높은 노동이라 연세 드신 어른들로선 엄두를 내기 어려워요. 하지만 우리는 아직 젊으니 돈으로 비싼 기름을 사는 대신 땔감 노동으로 겨울의 온기를 얻고 있지요. 개미처럼 부지런히 몸을 움직여서 인연 닿는 대로 얻어오고 힘닿는 대로 주워오면 1~2년쯤은 너끈히 날 만한 땔감이 모입니다.

남편은 지게를 마련해 틈날 때마다 숲으로 들어갑니다. 가까운 곳엔 땔감이 별로 없어서 산 위쪽으로 한참을 올라가야 해요.

"산속에 들어가면 공기가 달라. 앞산 능선에만 올라가도 절경이 따로 없어. 산 너머엔 버려진 나무들이 얼마나 많다고."

몸이 축날 정도로 힘든 지게질을 하면서도 남편은 운동이나 놀이를 하듯 말합니다. 이렇게 한 짐씩 지게질로 져 내려온 땔감으로 우리 가족의 생활 공간이 덥혀지지요. 돈으로 환산할 수 없는 고마움입니다.

소나무나 잣나무는 목질이 무르고 가벼워서 금세 타버리지만, 참나무나 아까시나무는 돌덩이처럼 단단하고 무거워서 불땀이 좋고 오래가요. 땔감으로서는 최고지요. 나무는 산에서 가져오자마자 바로 땔 수 있는 게 아니에요. 젖은 나무나 생나무는 연기만 많이 날 뿐 열효율이 좋지 않으니 잘 쪼개서 한두 해 말려뒀다가 때는 게 좋습니다. 즉, 올해 마련한 땔감은 내년과 내

보일러실 근처에 장작이 차곡차곡 쌓이고 있습니다.
바라보기만 해도 든든하고 배가 불러요.

후년을 위해 미리 비축해두는 겨울 살림이라 할 수 있지요.

잘 마른 땔감을 차곡차곡 쌓아놓고 바라보노라면 눈도 즐겁고 배도 부릅니다. 추운 겨울을 앞두고 든든한 마음이 되지요. 야마오 산세이가 쓴 『여기에 사는 즐거움』에는 이런 대목이 나와요. "땔감은 아무리 많아도 괜찮다. 우리처럼 사는 사람에게는 땔감은 일종의 재산과 같기 때문에 많으면 많을수록 마음이 편안하다." 그걸 읽는데 어쩌면 우리 마음과 이리도 똑같은지, 빙긋이 웃지 않을 수 없었어요.

불꽃을 바라보는
고요한 시간

해 질 녘, 두툼한 잠바를 걸치고 면장갑 끼고 불 때러 나갑니다. 나무하는 일이 남편의 일이라면 불 지피는 일은 대체로 나의 일이지요. 집 뒤로 돌아가니 쌓아둔 땔감 너머로 뭔가 "바스락!" 하더니 고라니 한 마리가 경중경중 산 쪽으로 달아납니다. 그 바람에 놀란 장끼가 푸드덕, "꿰액—!" 소리를 지르며 풀숲에서 날아올라요. 산 밑에 사는 우리에겐 흔한 풍경입니다.

보일러 화구를 열고 굵은 통나무 땔감을 먼저 넣습니다. 그 위에 잘 마른 나뭇가지들을 대여섯 개 분질러 얹고, 맨 위에다 마른 콩대를 한 아름 올려놓아요. 첫 불을 붙일 때는 콩대나 깻대처럼 화르륵 잘 타는 불쏘시개가 꼭 필요합니다. 땔감의 위쪽에 가벼운 불쏘시개를 얹는 것은, 불이 위에서 아래로 옮겨 붙는 '하방 연소 방식'으로 불을 때기 때문이에요. 예전엔 화실 바닥에 가벼운 불쏘시개를 놓고 그 위에 큰 통나무를 차곡차곡 얹어서 불길이 아래에서 위로 올라가도록 했는데, 연기도 많이 나고 생각만큼 연소 효율이 좋지 않았어요. 지금은 불쏘시개를 맨 위에 얹어서 불이 위에서 아래쪽으로 번지게 하는데, 연기도 별로 안 나고 불도 훨씬 잘 붙습니다.

나는 추운 겨울밤 화덕을 지키는 따뜻한 온기입니다. 나는 당신이 여름 햇살을 피하는 그늘입니다. 당신이 길을 떠돌고 있을 때 내 열매 속 과즙은 당신의 목마름을 가라앉힙니다. 나는 당신이 사는 집 기둥입니다. 문입니다. 당신이 누워 잠드는 평상입니다. 배를 만드는 널빤지입니다. 나는 당신의 괭이자루입니다. 나는 당신이 누워 있던 요람부터 앞으로 눕게 될 관의 널판입니다.

　　　　　　　　　　　– 스페인 마드리드 어느 공원 나무에 붙어 있는 표지판

나무는 살아서나 죽어서나 제 몫을 온전히 다합니다. 그의 생애엔 남김이 없어요. 『아낌없이 주는 나무』는 동화가 아니라 나무의 존재 그 자체입니다. 북미 원주민들은 나무를 땔감으로 쓸 때 "우리를 용서하라. 우리에겐 그대의 따뜻함이 절실하다."라고 말한다지요. 나 역시 땔감을 하나씩 던져 넣으며 그들이 살아온 수십 년 푸른 생애에 눈을 맞추고, 오늘 불과 재와 열로 바뀌어 우리의 체온으로 스며들 존재들에게 목례합니다.

이제 불을 붙입니다. 오늘의 불길은 구겨진 신문지 한 장으로 시작됩니다. 신문지에 붙은 불길이 콩대로 옮겨 붙고, 그 불이 마른 나뭇가지로 옮으면, 굵은 참나무가 이글이글 불꽃에 휩싸이는 건 시간문제지요.

활활활〜〜〜 타닥 탁 탁……. 작은 나무 의자에 걸터앉아 얼굴에 발간 훈기를 느끼며 불꽃의 춤을 넋 놓고 바라봅니다. 이 순간을 나는 사랑해요. 불빛과 소리에 감각이 열리면서 낮 시간에는 듣지 못했던 수많은 소리들이 현재형으로 나를 두드리는 걸 느낍니다. 삐리릿 삐릿— 겨울 새들의 노랫소리, 그에 화답하는 짝들의 날갯짓 소리, 뒷산 숲을 달리는 고라니의 빠른 발소리, 그 발길에 투둑 툭 나뭇가지 부러지는 소리, 바스락바스락 마른 잎 스치는 소리, 산토끼와 청설모가 제집으로 돌아가는 소리, 그리고 화르르 타닥 탁 탁, 붉게 휘감기는 뜨거운 불 속에서

겨울

나무가 제 몸을 내주는 소리…….

이제 한두 시간 활활 태워주면 난방수 온도는 70~80도를 넘길 거예요. 뜨거워진 난방수가 배관으로 흘러들어 집 안을 훈훈하게 덥혀주겠지요. 주위는 어느새 캄캄해지고, 서쪽 하늘에 초승달과 샛별이 맑게 반짝여요. 뜨거운 화구를 닫고 차가운 저녁 공기를 한껏 들이마신 후 집 안으로 들어갑니다.

자기 안이나 바깥을 불문하고 우리에게 선한 것으로 나타나고, 아름다운 것으로 나타나고, 사랑스러운 것, 행복한 것, 고요한 것, 영원한 것, 진실한 것으로서 나타나는 것은 모두 신이자 신의 숨결이라고 말할 수 있다.
　　　　　　　　　　　－ 야마오 산세이, 『여기에 사는 즐거움』에서

욕망의 시대에
사라지는 것들

집 뒷산에서 요란한 엔진 톱 굉음이 종일 울리더니 산비탈 한 면이 휑하니 비어버렸습니다. 참나무와 소나무 푸른 가지들이 드러눕고, 산의 속살이 벌겋게 파헤쳐졌어요. 나무를 소비하며 사

는 한 약한 인간이, 한순간에 잘려나가는 숲을 보며 가슴이 불안
으로 퉁탕거렸습니다.

어떤 개발업자가 그러더군요. "산이 너무 많아. 그대로 둬봐
야 동네에 보탬도 안 되지."라고요. 산이 산으로 보이지 않고, 산
이 돈으로 보이는 겁니다. 그 말을 들었을 때, '피터 래빗'의 작
가 베아트릭스 포터가 떠올랐어요. 포터는 무분별한 개발과 파
괴에 반대해 자기 전 재산으로 레이크 디스트릭트의 광활한 토
지와 농장을 사들인 후, 77세를 일기로 세상을 떠나면서 시민환
경운동 단체인 내셔널 트러스트에 모든 것을 기증합니다. 포터
의 유언대로 500만 평에 이르는 디스트릭트의 자연은 지금도 잘
보존되고 있지요. 봄이면 꽃분홍 진달래 흐드러지게 피고, 파릇
한 엄나무순과 잔고사리가 무성하게 돋아나는 뒷산을 잃게 된다
니, 내게 돈만 있다면 베아트릭스 포터처럼 뒷산을 다 사버리고
싶다는 생각까지 들더군요. 막무가내 개발의 탐욕과 무지의 폭
력성은, 작게는 동네 뒷산을 파헤치는 것에서부터 크게는 한 나
라의 국토와 물길을 결딴내는 데까지 이릅니다.

우리는 아이들의 교육과 노후를 대비하는 데에는 많은
돈을 쓰고 있지만 정작 후대에게 물려주어야 할 숲과 산
호초와 강을 파괴하고 오염시키는 일에는 무신경하다.

(……) 우리가 좀 더 확장된 시간의 개념이라는 렌즈를 통하여 삶을 볼 수 있다면 눈앞의 목표나 이익 때문에 생태를 파괴하는 행동 따위는 하지 않을 것이다.

－ 조안 말루프, 『나무를 안아보았나요』에서

나무로 집을 짓고, 나무로 가구를 만들고, 나무로 불을 때고……. 오랜 세월 사람들은 숲에 기대어 살아왔고 지금도 살아갑니다. 며칠 새 벌겋게 황토 속살이 다 드러난 뒷산을 보며, 수많은 생명들에 의존해 사는 우리의 약함에 대해, 숲을 기르지 않으면서 숲으로부터 가져가는 우리의 이기利己에 대해, 그리고 우리 마을 뒷산에서 오랜 세월 나이테를 늘려온 수백 그루 소나무 참나무의 생애에 대해 생각합니다.

숲이 사라지는 속도는 너무나 빨라요. 한번 없어지면 되돌리기도 어렵습니다. 태곳적부터 흘러온 강도, 태곳적부터 있었던 산도, 이 욕망의 시대에 오면 허망하게 사라지고 무너집니다. 인간과 자연의 관계를 성찰하지 못하는 무분별한 개발은 결국 치명적인 후과로 되돌아올 수밖에 없습니다. 인간의 탐욕이란 그렇게 독하지요.

무력감으로 마음이 많이 아플 때 헬렌과 스콧 니어링을 펼쳤습니다.

사람들이 다만 몇 세대 동안 만이라도 손에 도끼와 톱만 들고 일하면서 숲이 되살아나기를 기다린다면, 메인의 날씨와 흙이 다시금 더할 나위 없이 좋은 목재를 지천으로 만들어낼 수 있으련만.

– 헬렌 니어링·스코트 니어링, 『조화로운 삶의 지속』에서

삶에서 정말 중요한 것은 당신이 갖고 있는 소유물이 아니라 당신 자신이 누구인가 하는 것이다. 나는 그 사람이 어떤 사람이냐, 어떤 행위를 하느냐가 인생의 본질을 이루는 요소라고 생각한다.

– 헬렌 니어링, 『아름다운 삶, 사랑 그리고 마무리』에서

겨울

새들은 자기 연민에 빠지지 않아

혹한에도 꺾이지 않는 야생의 삶

눈밭에 찍힌
발자국들

"엄마, 어디 가?"

카메라를 메고 나서니 아이가 묻습니다.

"고라니 발자국 찍으러."

"널린 게 고라니 발자국이지, 뭐."

시큰둥한 아이의 대꾸를 들으니 슬며시 웃음이 나요. 고라니
가 흔하디흔해 이젠 별 관심거리도 못 되나 봐요. 처음 이곳에
이사 왔을 땐 고라니 엉덩이만 봐도 환호했는데 말이지요.

겨울은 야생동물을 만나기 좋은 계절입니다. 무성한 나무숲
에 가려 눈에 띄지 않던 동물들도 흰 눈이 쌓이면 발견하기 쉽

고, 또 배고픈 야생동물들이 사람 사는 집 가까이 내려오는 일도 잦아지기 때문이지요. 며칠 전엔 어미 고라니와 함께 먹을 걸 찾아 헤매던 조그만 아기 고라니를 봤어요. 겁 많은 눈망울에 가늘고 긴 다리, 화들짝 놀라 달아나던 예쁜 엉덩이…… 눈 속에서 얼마나 배고플까 싶더군요. 농사철엔 콩순이며 고추순을 먹어치우는 골칫거리 고라니지만, 먹을 게 부족한 한겨울에 어린 새끼와 눈 쌓인 산과 밭을 헤매는 걸 보니 그저 안쓰러운 마음만 듭니다. 김장하고 남은 배춧잎이나 슬쩍 놓아둘까 봐요.

포클레인이 깎아놓은 뒷산 눈비탈에 야생동물들의 발자국이 어지러워요. 원래 울창한 숲이었는데 개발한다고 숲을 없애고 가파르게 깎아놓았어요. 삶터를 빼앗기고 헤매는 야생동물들의 발자국이 깎아지른 눈비탈에 선명합니다. 고라니 발자국이 가장 많고, 일렬로 뜀뛰듯 진행하는 족제비 발자국도 보이고, 너구리 발자국, 고양이 발자국, 아주 작은 설치류의 발자국도 보입니다. 흰 눈 위에 찍힌 크고 작은 발자국들을 가만히 바라보노라면, 발자국 위로 걸음걸이가, 몸짓이, 두리번거리는 눈망울이, 착시처럼 어른거려요. 고라니, 족제비, 너구리, 청설모 들이 눈앞에서 왔다 갔다 하는 느낌이에요. 백지에 짙은 물감을 칠하는 순간 눈앞에서 화들짝 살아나는 양초 그림처럼, 봄·여름·가을에는 잘 보이지 않던 야생동물들의 궤적이 겨울 눈밭 위에선 마법처럼 생생해집니다.

야생동물들은 지나간 자리에 발자국 흔적을 남깁니다. 발자국은 금세 사라져요. 배설물도 남깁니다. 배설물도 오래지 않아 사라지죠. 나무둥치에 남긴 털이나 발톱 자국은 좀 더 오래 갑니다. 하지만 그조차도 머잖아 자연 안으로 흡수돼요. 모두 금세 지워지는 겸손한 흔적이에요. 뒤이어갈 후손에게 아무런 해가 되지 않지요. 인간의 흔적도 그 정도만 남긴다면 얼마나 좋을까요.

새매에게 쫓기는
작은 새들

"타닥, 탁, 탁!!"

거실 유리문에 뭐가 부딪치는 소리에 놀라 돌아보니 박새 몇 마리가 유리에 부딪쳤다 바닥에 떨어지고 다시 날아오르며 혼비백산이에요. 거의 동시에 휘익-! 데크까지 날아든 커다란 맹금류! 새매였어요. 박새들은 혼이 빠져 필사적으로 달아났고, 먹잇감을 놓친 새매는 데크 난간 위에 잠깐 앉아 좌우를 매섭게 살피더니 날아왔을 때처럼 휘익-! 순식간에 날아가버렸습니다. 길어야 4~5초 사이에 일어난 일이었지요.

맞은편 숲 위를 유유히 선회 비행하는 새매를 이즈음 몇 차례 보긴 했지만, 집 데크 앞까지 사냥감을 쫓아 내려올 줄은 상상도 못 했습니다. 그렇게 가까이서 새매를 본 건 처음이었어요. 가슴 서늘하도록 매섭고 아름다웠습니다.

그 일이 있은 지 며칠 후, 그날도 거실에 앉아 있는데 "타닥, 탁!!" 작은 새들이 거실 유리문으로 날아들 듯 부딪쳐 떨어졌습니다. 반사적으로 벌떡 몸을 일으키는 순간, 데크를 향해 급강하하던 새매가 코앞에서 휙! 방향을 틀어 옆으로 날아갔어요. 움직이는 사람 실루엣에 놀란 것 같아요. 새매가 스쳐 날아간 자리엔 충격으로 넋이 나간 작은 새 두 마리가 꼼짝도 못 한 채 엎드려 있었습니다.

떨어진 새들은 멧새였어요. 노랑턱멧새 암컷과 수컷. 우리 집 앞뜰에서 포르릉 포르릉 낮게 날며 풀씨를 먹던 녀석들이지요. 흔한 텃새이지만 이렇게 가까이서 본 건 처음이에요. 우리 집 데크에 종종 찾아오는 곤줄박이나 박새와는 달리, 멧새나 솔새, 붉은머리오목눈이 등은 좀체 사람 가까이 오지 않거든요. 그토록 낯가림 심한 녀석들이 앞뒤 안 가리고 집으로 돌진했으니, 매에 쫓기던 순간이 얼마나 긴박하고 다급했을지 짐작이 갑니다. 노랑턱멧새는 머리 위에 예쁘게 솟은 댕기깃이 매력적인데, 이 녀석들은 얼마나 충격을 받았는지 그 댕기깃이 쑥 들어가버렸더 군요.

작은 몸뚱이가 유리문에 부딪쳤을 때 받았을 충격은 상상 이 상일 듯해요. 눈만 떴지 몸을 움직일 수는 없는 '얼음땡' 상태로 꼼짝을 못 하네요. 걱정이 되었지만 지켜볼 수밖에 없었습니다. 30분쯤 지나자 암컷 멧새가 먼저 몸을 주스렸어요. 앉았던 자리 에다 똥을 찍- 싸더니 휭 하니 날아가더군요. 수컷은 정신을 수 습하는 데 더 오래 걸렸어요. 무려 1시간이나요. 마침내 오그렸 던 발가락을 펴고 자세를 바로잡더니 앉았던 자리에 똥을 찍! 싸 고는 허둥지둥 날아갔습니다. 둘 다 무사히 살아서 날아가는 모 습을 보니 참 기뻤어요. 남겨진 새똥 두 점조차 사랑스럽더군요. 그런데, 날아가기 전에 똥은 왜 싸는 걸까요?

겨울새와 친구가 되다

새들 가운데 특히 곤줄박이는 사람에 대한 경계심이 적은 편입 니다. 사람 사는 집 유리창을 기웃대며 안을 들여다보거나 부리 로 유리를 톡톡 건드리기도 할 만큼 호기심이 많아요. 땅콩 같은 먹을거리를 창가에 놓아두면 겨우내 문턱이 닳도록 찾아와 환한 기쁨을 안겨주는 예쁜 새입니다. 아침마다 유리창 앞에 와서 "재재재재—" 배고프니 빨리 땅콩 내놓으라고 재촉할 때 보면 어찌나 당당한지, 밀린 빚 받으러 온 빚쟁이 같다니까요.

"재재재재—"

곤줄박이가 어김없이 아침을 먹으러 왔어요.

"우리 곤이 왔어? 오냐오냐, 알았다."

이번엔 유리창 앞에 땅콩을 뿌려주는 대신, 땅콩을 얹은 내 손을 가만히 내밀어봅니다. 새는 고개를 갸웃갸웃하며 망설이고 또 망설이는 눈치예요. 내 가슴은 콩닥콩닥 뛰기 시작합니다. 조심스럽게 손끝 가까이 날아왔다가 포르릉 뒤돌아가길 두어 번, 그러더니 이내 날아와 사뿐히 손끝에 앉았어요! 아, 작은 발톱으로 손가락을 꼭 그러쥘 때의 그 앙증맞은 감촉이라니!

그렇게 우린 친구가 되었습니다. 곤줄박이는 땅콩을 물고 감나무 가지 위로 날아가서, 발톱으로 땅콩을 꼭 그러쥐고 부리로 콕콕 쪼아 먹습니다. 다 먹고 나면 다시 포르릉 날아와 내 손끝에 앉지요. 다시 그윽하게 눈 맞춤을 나누고 작은 땅콩 조각을 덥석 물더니만 '앗, 실수!' 얼른 뱉어버리고는 그중 가장 큰 땅콩을 물고 휘익- 날아갑니다. "하하, 영리한 녀석!"

겨울을
견디는 마음

데크 주위에 낙상홍 몇 그루를 심은 지 수년, 그중 한 그루에서만 붉은 열매가 열렸어요. 낙상홍은 암수딴그루 나무예요. 초록이 없는 삭막한 겨울에 붉은 열매를 많이 보고 싶었는데, 안타깝게도 암나무는 딱 한 그루였네요.

그 암나무 한 그루가 겨우내 새들을 먹입니다. 아침이면 어김없이 직박구리 한두 쌍이 낙상홍을 찾아와요. 휘청휘청 흔들리는 나뭇가지에 앉아 붉은 열매를 톡톡 야무지게 따 먹는 새들을 바라보는 즐거움이 큽니다. 앞뜰에 낙상홍을 심는 이유입니다.

동지가 지나고 새해로 접어들 무렵이면 빽빽하던 낙상홍 열매도 서서히 동이 납니다. 나뭇가지에 마지막 남은 몇 알마저 사라지자 배고픈 직박구리는 집 주변을 맴돌아요. 참새들은 매일 닭장 철망 사이로 날아들어 닭 모이로 배를 채우지만, 몸집이 큰 직박구리는 그럴 수도 없지요. 안쓰러운 마음에 묵은 홍시 한 개, 땅콩 한 줌을 데크 난간에 올려 두었습니다. 금세 알아차리고 날아와 허겁지겁 홍시를 파먹는 직박구리를 보며 '이 겨울도 곧 끝날 거야, 조금만 더 견뎌보자.' 속말을 합니다.

사실 겨울은 야생동물들에게 혹독한 계절입니다. 그중에서도 작은 새들이 영하의 추위 속에서 생존을 유지하는 모습은 경이롭기까지 해요. 『동물들의 겨울나기』는 버몬트 대학 생물학과 교수인 저자가 메인 주의 통나무집에 살면서 동물들의 겨울 생존법을 관찰한 기록입니다. 우리나라의 자연환경과는 좀 다르고 서식하는 동물 종류에도 차이가 있긴 해요. 하지만 스스로 체온을 10도 이상 낮추고, 무리를 불러 모아 몸을 맞댄 채 동면에 가까운 휴면 상태로 영하 20~30도의 혹독한 추위를 견디는 작은 새들의 이야기를 읽다보니, 내 주변의 새들이 새삼 대단해 보이더군요.

상모솔새는 자신의 생존 확률이 얼마나 낮은지 모른다. 짐작컨대 이들은 자신의 운명을 성찰할 수 없고 실수를 후회할 수도 없으며, 부당함이나 잃어버린 기회를 놓고 애를 태울 수도 없을 것이다. 이들은 미래에 대해, 또는 삶과 죽음에 대해 걱정하지 않는다. (……) 이 겨울 세계는 눈보라며 영하의 밤, 바람, 부족한 먹이까지 모든 것이 운에 좌우되는 곳이다. 중요한 것은 아마 꺾이지 않는 열정과 거침없는 추진력일 것이다.

- 베른트 하인리히, 『동물들의 겨울나기』에서

봄·여름·가을 동안 내가 만났던 멧새, 박새, 딱새, 곤줄박이들도 이 긴 겨울을 필사적으로 견딘 끝에 더러는 죽고 더러는 살아 내년 봄을 맞이하겠지요. 따뜻한 봄날, 산과 들에서 들려오는 새들의 노래, 이끼와 깃털로 지은 따뜻한 새 둥지, 그 둥지에서 깨어난 아기새들의 파득거리는 몸짓들……. 이 모든 것들도 모진 겨울을 통과해서야 만날 수 있는 봄의 풍경이겠고요.

삶과 죽음을 걱정하지 않고, 미래를 예단하지 않고, 혹한과 눈보라 앞에서도 꺾이지 않는 열정……. 연약하나 강인한 작은 새들을 생각하면, 사람으로서 견뎌야 하는 겨울의 무게도 담담하게 짊어질 용기가 납니다.

나는 들짐승이
자기 연민에 빠진 것을 본 적이 없다.
얼어붙은 작은 새가 나뭇가지에서 떨어질 때
그 새는 자기의 존재에 대해 슬퍼해본 적도 없으리라.

– D. H. 로렌스, 〈자기 연민Self Pity〉 전문

겨울

껴안기 좋은 아름다운 손가락

연필을 깎으며 손을 사색하다

내 어린 날의
몽당연필

아이의 필통을 열자 손때 묻은 색색의 연필들이 와르르 쏟아집니다. 크고 작은 연필들이 뒤섞여 있는데 그중엔 손에 쥐어질 것 같지도 않은 꼬마 몽당연필도 있네요. 그걸 본 순간 배시시 웃음이 나면서 잊고 지냈던 옛 기억들이 한꺼번에 떠올랐어요. 모서리 반듯하게 접은 콧수건을 옷핀 꽂아 가슴에 달고 새 책가방 메고 '국민학교'(초등학교)에 입학하던 날, 인쇄 잉크 냄새 마르지 않은 빳빳한 새 교과서와 새 공책들, 필통 속에 날렵하게 심을 세운 채 가지런히 누워 있던 새 연필들, 그 필통 열어보고 또 열어보던 일곱 살 계집애의 설레는 가슴……. 수십 년이 지났는데도 어제 일인 듯 생생하게 떠오르는 풍경들입니다.

신문지 펼쳐놓고 볕 잘 드는 마루 끝에 앉아 연필을 깎아주셨던 분은 언제나 할머니였어요. 엄마는 밥하랴 빨래하랴 옷 지으랴, 많은 식구 뒷바라지에 바쁘셔서 그랬던지, 아침마다 머리를 곱게 가르마 갈라 땋아주던 손길도 할머니였고, 소풍날이나 운동회날에 학부모로 오셨던 분도 늘 할머니였지요. 눈을 감으면 할머니의 은가르마가 콧잔등에 닿으면서 이마 가운데로 수직으로 미끄러져 올라갈 때의 차가운 감촉이 아직도 선명하게 느껴집니다. 사각사각…… 연필심이 깎여나가는 기분 좋은 소리도요. 날렵하게 깎인 색색의 연필을 키 순서대로 필통에 가지런히 눕혀놓으면, 바라보는 것만으로도 얼마나 뿌듯하고 기분 좋았는지요.

아이는 조그만 몽당연필도 버리지 않고 써요. 이런 건 시킨다고 되는 일이 아니에요. 아이 말로는, 작은 것이 귀여워서 좋고, 또 쓸 만한 걸 버리기가 싫답니다. 연필 키가 조금씩 짧아지자 어디서 까만 볼펜 껍데기를 찾아내 끼워서 쓰더군요.

아이의 이런 점은 나를 꼭 빼닮았어요. 그 옛날 어린 나도 그랬거든요. 닳고 닳도록 쓰다가 마지막에 남은 연필 꼭지의 은색 금속까지 벗겨내고 그 길이의 절반을 가파르게 깎아서 썼을 정도니까요. 학교에서 상으로 받은 새 연필도 여러 다스 있었건만,

새것은 놔두고 친구들이 버린 몽당연필들을 주워서 볼펜 꼭지에 끼워 쓰곤 했습니다. 연필뿐 아니라 공책도 그랬지요. 아무도 없는 조용한 오후, 집의 뒷마루에 혼자 앉아 언니 오빠들이 다 쓰고 버린 공책 더미를 뒤져서 빈 면들을 뜯어내던 기억이 납니다. 모래에서 금을 찾는 기분이었어요. 그렇게 모은 낱장들을 풀칠하거나 실로 꿰매 세상에 하나뿐인 재활용 공책을 만들어놓고 혼자 뿌듯해했지요. 의미 없이 버려지는 것들에 대한 안쓰러움, 효용 가치가 있는 걸 버리는 데 대한 죄의식, 잡동사니에서 쓸모를 찾아내는 기쁨, 뭔가를 만들어내는 성취감……. 어렸지만 마음속에 이런 감정들이 복합적으로 다 들어 있었습니다.

언젠가 가까운 후배가 그러더군요. 자기는 뭐든 잘 잃어버려서 제대로 끝까지 써본 기억이 없다고요. 짝꿍이 볼펜대에 끼워 쓰는 몽당연필이 부러워서 연필이 닳도록 부지런히 썼지만, 볼펜대 끼우기도 전에 잃어버렸다나요. 지우개도 늘 끝을 못 보고 잃어버리고, 비 오는 날 우산 잃는 건 다반사였대요. 그 말을 듣는데 푸슬푸슬 웃음이 났습니다. 서로 다른 사람들이 모여 사는 데는 다 이유가 있지요. 후배가 볼펜대 끼우기도 전에 잃어버린 몽당연필은 나 같은 애가 주워다 썼을 거예요. 어느 덜렁이가 잃어버린 우산도 비 맞는 누구에겐 느닷없는 행운이었을 테고요.

연필을 깎는 과정도 즐겁지만,
다 깎은 연필을 늘어놓고 보는 뿌듯함과 개운함도 그에 못지않아요.

연필을 깎는
고요한 시간

한가로운 겨울 오전, 햇살이 거실 안으로 쑥 밀고 들어오니 집 안에 온기가 돕니다. 해 잘 드는 유리문 앞에 등 돌리고 앉아 등 허리에 닿는 따뜻한 햇살의 온기를 즐기며 뭉툭해진 연필들을 깎습니다. 연필 깎는 동안의 고요한 집중이 참 좋아요. 어수선하던 마음이 차분하게 비워집니다.

연필을 깎을 때는 칼등이 있는 문구용 칼을 씁니다. 적당히 둥근 칼등이 칼날을 감싸고 있어서 손가락으로 싸악 싹- 밀기가 좋아요. 흔히 쓰는 커터칼은 종이 자르기나 편할까, 연필 깎기엔 너무 불친절해요. 맨 칼날을 여러 번 반복해 밀다 보면 금세 손가락이 아파오지요.

나의 연필 깎기용 칼은 아주 오래된 칼입니다. 이 칼이 언제부터 내 곁에 있었는지 모르겠어요. 십수 년도 훨씬 넘었지 싶어요. 살짝 녹이 슬긴 했지만 아직 쓸 만합니다. 칼에는 '평화'라는 글자와 함께 나뭇잎을 물고 날아가는 비둘기가 새겨져 있어요. 접이식 칼날이 쌍둥이 형제처럼 두 개나 들어 있어서 연필 깎는 노고까지 서로 분담하는, 내 마음에 쏙 드는 칼입니다. 문구용 칼로서 고유한 효용이 끝나는 그날까지 곁에 두고 사랑해줄 생각이에요. 칼이든 뭐든 손에 익숙하고 마음에 맞는 물건은 오래 낡아도 안 버려집니다. 반면 아무리 값비싼 새 물건이라도 내 삶에 잘 쓰이지 않으면 아무 소용이 없지요.

내가 필기구꽂이를 좀 더 세심하게 자주 살폈더라면 원목 연필의 가치를 좀 더 일찍 알아차렸을 것이다. 이처럼 이미 지니고 있는데도 아직 발견하지 못한 보물이 얼마나 많을까. 둔했기에, 무심히 보아 넘겼기에 알아차리지 못한 내 안의 보석을 생각한다. 쉽게 힘들다고, 권태롭다고, 불운하다고 말하기 전에 우선 내가 무엇을 지녔는지부터 돌아볼 일이다. 마음의 눈과 귀를 열면 손때 묻은 연필 한 자루 속에도 경전이 들어앉아 있다.

– 정희재, 『다시 소중한 것들이 말을 건다』에서

아이에게 연필을 깎아 주었어요. 긴 연필, 짧은 연필, 몽당연필 다 모아서요. 무뎌지고 부러진 연필들을 모아 하나씩 하나씩 날렵하게 깎아나가는 기분이 얼마나 상쾌한지는 경험해보지 않으면 모릅니다. 나는 연필 깎는 기계를 쓰지 않아요. 깎인 연필의 모양이 너무 균일해서 심미적으로 아름답지 않고, 연필심이 부러져 다시 깎으려면 자꾸 헛돌아 기능적으로도 모자라다는 생각이에요. 하지만 무엇보다도, 직접 손으로 깎는 결정적인 이유는 '사각사각' 깎아가는 손맛(!)을 포기할 수 없어서이지요.

엄마가 연필 깎는 걸 옆에서 지켜보던 아이가, 자기도 해보겠다며 칼을 들고 나섰습니다. 칼 잡은 손의 자세가 어설프고 서투르지만 내버려두었어요. 이런 일의 익숙함은 말로 배울 수 있는 게 아니고 몸으로 반복해야만 얻어지는 거니까요. 아이는 요모조모 칼질 끝에 연필 두 자루를 오밀조밀 깎아냈습니다. 울퉁불퉁 못생겼지만 나름 귀여워요. 엄마랑 아이랑 연필 깎는 걸 옆에서 지켜보던 아빠가 말합니다.

"나도 회사에서 연필 깎아서 써. 연필 쓰는 게 좋아. 어렸을 때 생각도 나고……. 회사에서 연필 쓰는 사람은 나밖에 없을걸?"

부드러운 나무의 느낌, 뾰족하게 세운 심지의 촉감을 좋아하는 사람이 우리 집에 또 있었군요.

위안이 필요한 사람에게는 연필 깎는 소리나 도마질 소리, 또는 바느질이나 뜨개질 같은 일상적인 모습이 얼마나 큰 도움이 되는지 모른다. 혼자서 아파 누워 있을 때 다정한 친구가 찾아와 옆에서 책을 읽거나 부엌에서 먹일 만한 걸 만들기 위해 또각또각 도마질을 할 때, 그 속에서 일상의 다정한 속삭임을 발견하고 안도하곤 한다.
그것은 삶 자체에서 우러나오는 응원가였다.

– 정희재, 앞의 책

눈뜨면서부터 잠들기 직전까지 스마트폰 속으로 빨려 들어가 타임라인 위로 빠르게 미끄러지는 현대인들의 일상은 숨차 보입니다. 내 힘으로 조절할 수 없는 속도에 밀려 마음이 멋대로 내달려갈 때, 잠깐 멈춰 숨을 고르고 연필을 손에 줍니다. 가슴속에 고인 말을 종이 위에 물 흐르듯 써내려가기도 하고, 읽고 있던 책에서 마음이 공명한 구절을 옮겨 적기도 하지요. 종이에 연필로 뭔가를 쓰는 행위는 자판을 두드리거나 손가락을 액정 화면 위로 밀어 올리는 것과는 달라요. 종이와 흑연이 마찰하며 빚어내는 질감과 향기를 아날로그로 느끼면서, 비로소 마음의 속도가 몸의 속도와 일치하는 느낌에 안도합니다.

몸과 마음의 아득한 공백을 여미고 접착시키는 시간, 악머구리 떼처럼 아우성치던 마음속 천 마디의 말들이 비로소 종이 위에 차분히 내려앉으며 잠잠해집니다. 갇혀 있던 슬픔도, 회한 같은 그리움도, 떠도는 마음도, 하나씩 제자리를 잡아요. 태산이 되도록 쌓인 말들이 써걱써걱 바스러져 빠져나간 후의 적막한 평화가 좋습니다. 상처 많은 날들을 건너가는 작은 뗏목, 치유의 도구는 이미 내 안에 있음을 깨닫습니다.

껴안기 좋은
아름다운 손가락

지역의 클래식기타 동호회가 주최하는 작은 연주회에 초대받아 갔습니다. 여섯 가닥의 기타 줄 위를 춤추듯 미끄러지며 물방울 같은 선율을 만들어내는 연주자의 기다란 손가락을 바라보고 있 노라니, '저런 손가락을 가진 동물이라니, 인간은 참 아름답구 나.' 그런 생각이 들었어요. 손바닥을 활짝 펴거나 주먹을 움켜 쥐거나 섬세한 손가락으로 만지고 집고 퉁길 수 있는 능력은, 고 라니의 발굽, 고양이의 발바닥, 물고기의 지느러미가 획득하기 어려운 것이지요. 직립의 두 다리, 자유로운 두 손이 없었다면 인류도 문명도 없었을 겁니다.

숟가락과 그릇은 오므린 손바닥에서, 젓가락과 포크와 창과 연필은 손가락에서, 망치는 당연히 주먹에서 나왔 다. 팔을 높이 쳐들고 신호를 하는 손바닥에서 깃발이 생 겨났고, 소리치는 입 주변을 감싸는 두 손에서 확성기와

마이크가 생겨났다. 이런 눈으로 보면 우리는 실로 인간
이 고안해낸 의수義手와 보조기구들로 가득 찬 세계에 살
고 있다.

– 안규철, 『그 남자의 가방』에서

사랑하는 사람과의 첫 접촉은 대개 손끝에서 시작되지요. 손
과 손이 처음 맞닿을 때의 전율을 무엇에 비할까요. 그 순간 손
끝은 맹렬한 발화점이 됩니다. 얼굴은 백 가지 표정으로 뜻을 전
하지만, 사랑할 때는 눈을 감고 손길 하나로 다 얻지요. 손의 표
정은 정직해서 감출 길이 없어요.

손이 말을 하는구나, 느낄 때가 있습니다. 손이 춤을 추는구
나, 감탄할 때가 있어요. 말 못 할 언어가, 가슴속 열정이, 손가
락 끝에서 요동치는 걸 알아차릴 때가 있습니다. 그럴 때면 입술
과 혀는 발화發話를 멈추고 침묵합니다. 마음의 깊은 우물에서 올
라온 슬픔과 갈망의 말은 대개 소리가 없습니다.

영화 〈연인〉에서, 자동차에 함께 탄 두 사람의 손이 처음 맞닿
아 조용히 뒤엉키는 장면은 압권이었지요. 손이 손을 향해 멈칫
멈칫 다가서고 닿을 듯 말 듯 떨리다가, 매만지고 쓰다듬고 손가
락 사이를 파고들며 뒤엉킵니다. 한마디의 대사도 없지만 심장
이 거칠게 요동치고 숨이 멎을 듯해요. 영화 〈박하사탕〉에서는

남자 주인공이 자신을 찾아온 첫사랑 앞에서 보란 듯이 다른 여자의 엉덩이에 손을 대지요. 자기 손을 경멸함으로써 '착한 손'에 대한 그녀의 믿음을 배반합니다. 〈연인〉의 손이 갈망과 탐닉의 손이라면 〈박하사탕〉의 손은 위악과 절망의 손이지요. 두 장면은 자아의 외적 분출이자 성대의 도움을 받지 않는 내면의 전달자로서 손의 역할을 여실히 보여줍니다.

> 손이란 무엇인가. 그것은 안으로 꽁꽁 뭉쳐진 자아가 바깥 세계를 향해 내뻗는 촉수이자, 욕망과 의지의 집요하고 약삭빠르고 무자비한 대리인이며, 또한 인간이 만든 천 가지 도구의 원형이다. 손에서 인간의 비가시적인 내면이 가시적인 실체로 형상화된다.
>
> — 안규철, 앞의 책

왼손과 오른손, 좌익과 우익, 안과 밖, 선과 악, 적과 나, 이성과 감성 등등 "세계를 두 개의 양분된 구조로 바라보는 인간의 이원론적 사고"의 모델이 우리의 두 손이라고 안규철은 말합니다. "문어처럼 여덟 개, 불가사리처럼 다섯 개, 또는 백합처럼 여섯 개의 손을 가졌더라면" 세상에 대한 우리의 이해는 전혀 달라졌을까요. 좌우 대립항으로 개념화된 세계는 이해하기 편합니다. 이쪽과 저쪽으로 진영을 갈라 세우면 복잡 다양한 세상이 단순하게 정리되어 보여요. 하지만 실제 세상은 그리 간단치 않지요. 중간 지대의 스펙트럼이 무한하기 때문입니다.

막대자석을 반으로 자르면 N극 쪽에 다시 S극이 생기고, S극 쪽에도 다시 N극이 생깁니다. 끝없이 잘라도 끝없이 생겨요. 어디서부터 어디까지가 N극이고 S극이라고 말할 수 있을까요. 좌와 우도 그렇고, 선과 악도 그렇고, 옳고 그름도 그렇습니다. 면밀하게, 날카롭게, 한 치의 오차 없이 가를 수가 없어요. 그래서 우리는 늘 흔들리고 고뇌하고 의심합니다. 세계는 대립항의 공식만으로는 해명하기 어려워요.

문득 영화 〈컨택트〉의 외계인 헵타포드(7개의 다리)가 떠오르네요. 헵타포드의 언어는 순차적으로 기술되지 않고 일시에 형상화되지요. 시작과 끝이 고리처럼 맞물리고 인생 전체의 시간이 한꺼번에 옵니다. 좌우 대칭적 몸으로 선형적 인과의 시간을 사는 지구인들에겐 몹시 낯선 인식 체계지요. 일곱 개의 다리에 방사형 몸을 가진 헵타포드가 지구인들에게 건넨 것은 "좌우 대칭의 질서 체계를 포기하고 비대칭과 불균형의 체계를 인정"함으로써 조화와 상생의 길을 찾으라는 철학적 조언이었을지도 모르겠습니다.

나의 손은 힘의 우위에 서고 싶은 손이 아니라 작은 것들을 쓰다듬고 만들어내는 손입니다. 연필을 깎는 손, 뜨개질하는 손, 강낭콩을 까는 손, 진흙을 빚는 손, 나무를 돌보는 손, 꽃을 키우는 손, 동물을 먹이고 아이를 안아주는 손이에요. 내 두 손은 그런 일들을 좋아합니다. 때리고 파괴하고 죽이는 흉기의 손이 아니라, 매만지고 사랑하고 살리는 밥그릇 같은 손 말이에요.

　　"일찍이 인간의 손은 때리기보다 껴안기 좋도록 만들어졌다. 공격적인 포유류였다면 아름다운 손가락이 필요 없었을 것이다."라고 달라이 라마께서 말씀하셨지요. 중국에 의해 수십만 명의 양민이 학살당하고, 수천 곳의 사원이 파괴되고, 잔인한 문화 말살을 반세기 넘게 겪어 온 티베트의 슬픈 역사를 알기에, 그 참혹을 평화로 바꾸고자 평생을 힘써온 분의 가르침이 더욱 아프고 사무칩니다.

　　인류가 오랜 세월 반복해 저질러온 폭력과 파괴와 살육의 역사를 우린 지금 이 순간도 목도하고 있지요. 고통받는 이들의 신음 소리가 세계 곳곳에서 끊이지 않습니다. 그러나 때때로 절망하면서도, 인류가 이루어온 지성의 역사, 이타의 능력 또한 경외합니다. 그 지난한 야만의 세월을 온몸으로 밀어내며 인간의 가치를 만들어온 사람들이 있었기에, 지금 우리도 '아름다운 손가락'을 가진 포유류의 본능을 포기하지 않을 수 있는 것이지요.

휴전 상태의 분단국가에서 불안정한 사회의 일원으로 일평생 다이내믹한 세상을 뒤척이며 살아가는 우리에게 평화와 안정은 절실합니다. 두 개의 손을 지닌 지구인으로서 이항대립의 인식틀을 크게 벗어나지 못한 채 살아오면서도, 갈라진 "두 세계 사이의 변증법적 통합, 조화로운 균형을 이루고자 하는 우리들의 간절하나 좀처럼 실현되지 않는 열망"으로 기나긴 겨울을 버텼습니다. 이제 언 땅이 풀리고 코끝에 봄기운이 스치는군요. 겨울에서 봄으로 가는 길목에서 힘겹게 야만을 밀며 나아가고 있는 사람의 역사, 새로운 가능성의 한복판에 우리가 서 있다는 생각이 듭니다.

천천히 읽는 즐거움

겨울 다락방에서 책 읽기

다락방 비좁은
서가의 흡인력

이사한 후 천장 낮은 다락방에 책들을 들이자니 이만저만 고민이 아니었어요. 이사 전 이미 열두 박스가 넘는 책들을 내버렸음에도 불구하고 차마 못 버린 책들이 여전히 많았고, 가져온 책장의 높이는 2미터에 가까운데 다락방의 높이는 그 절반밖에 되지 않았거든요. 책 박스를 못 푼 채 몇날 며칠 고심을 거듭하던 차, 단번에 고민을 날려버릴 천재적인 아이디어가 떠올랐습니다.

　"눕히면 돼!"

　책장을 세로로 세워야만 한다고 누가 그랬던가요? 고정관념이 고정관념인 걸 알아채는 때는, 바로 그걸 깬 다음이지요.

몇 개의 책장을 겹겹이 옆으로 눕히고 책을 꽂으니 작은 도서관 서가처럼 되었습니다. 책장 사이 통로로 기어들어가 책을 찾고, 맘 내키면 책장에 등을 기대거나 통로에 그대로 엎드려 책을 읽어요. 물론 어두운 구석 자리라 전등이 필요해요. 아이의 어린이책을 모아둔 왼쪽 서가엔 작은 독서등을 매달고, 나의 딘행본 늘이 모여 있는 오른쪽 서가엔 앉은뱅이책상과 탁상용 전등을 놓았습니다.

추울 땐 따뜻한 공간으로 모여들기 마련이지요. 우리 집에서 그런 공간은 다락방이에요. 겨우내 우리 집 다락방은 침실이자 바느질 방이자 독서실이 됩니다. 다락방은 어른이나 애나 다 좋아하는 것 같아요. 비좁은 공간은 흡인력이 강하지요. 모태 속의 안정감이 우리의 무의식에 남아 있는 것일지도 모르겠습니다.

다락방의 비좁은 서가는, 밤늦어 모두 잠자리에 들었거나 새벽에 나 홀로 어쩌다 깨어났을 때 잠든 식구들에게 방해 안 되도록 조용히 이불을 빠져나가서 책을 읽을 수 있는 공간입니다. 그런데 일단 서가의 안쪽으로 들어가면 쉽게 못 헤어나니 조심해야 해요. 양쪽 벽이 온통 책이니, 탐독의 욕망을 제어하기 어렵거든요. 하릴없는 시절이라면 그것도 괜찮겠지만, 내 손을 기다리는 온갖 일거리들이 줄을 서 있는 마당에는, 도리가 없지요.

읽고,
표시하고,
기록하기

내겐 고질적인 독서 습관이 하나 있습니다. 연필이나 포스트잇 없인 책을 못 읽는 거죠. 지금은 많이 나아졌지만, 예전에는 연필을 못 찾으면 책을 한 페이지도 못 넘길 정도였어요. 오른손에 연필을 쥐고 나서야 비로소 차분한 마음으로 책에 몰입할 수 있었지요.

공감 가는 문장에 밑줄을 긋고 낫표도 치고, 때론 오자도 바로잡고 메모도 끄적거립니다. 책의 오자를 바로잡지 못하면 맘이 불편해요. 오자가 지나치게 많은 책, 번역문이 거칠고 불편한 책은, 책의 본질이라 할 내용의 핵심에 다가서기가 힘듭니다. 불성실한 편집과 글맛을 잃은 번역은 원저자에게 재앙이지요. 하지만 대체로 잘 편집된 책에서 어쩌다 발견되는 한두 개의 미묘한 오자는, 책 만드는 사람의 인간적 숨결이 느껴져서 그리 밉지만은 않더군요.

그런데 나의 이런 독서 습관이 난관에 봉착할 때가 있어요. 도서관이나 지인에게서 빌려온 책에는 밑줄을 맘대로 그을 수 없으니까요. 더구나 그런 책에서 심각한 오자라도 만나면 대략

난감이지요. 어쩔 수 없이 오자는 눈 질끈 감아 넘기고, 공감 가는 좋은 문장은 독서 노트에 펜으로 옮겨 적어둡니다. 그러면 밑줄 못 긋는 한이 조금은 풀려요.

요즘엔 연필보다 포스트잇을 자주 사용합니다. 책을 읽으며 인상적인 구절, 기억해두고 싶은 문장에 포스트잇을 붙여요. 책을 다 읽고나면 포스트잇 붙인 자리만 다시 펼쳐서 읽습니다. 다시 읽어도 여전히 좋다 싶으면 독서 노트에 옮겨 적어요. 내가 읽은 책의 가장 농밀한 에센스를 뽑아 기억 창고에 저장하는 마지막 절차입니다. 처음에 한 번 읽고, 포스트잇을 따라서 두 번째 읽고, 독서 노트에 적으면서 세 번째 읽습니다. 이 과정을 거치면서 마음에 책을 새기지요.

독서 노트를 쓰는 습관을 들인 지도 십수 년이 되었네요. 물론 모든 책을 다 기록하는 건 아니에요. 특정 정보를 담은 전문서, 갖가지 실용서, 내용의 밀도가 높지 않아 한 번 읽어본 걸로 충분한 책들은 굳이 독서 노트에 옮기지 않습니다. 그러나 핵심을 관통하는 날카로운 문장, 가슴 뛰게 공명하는 글, 깊은 사유가 담긴 아름다운 책을 만나면 도저히 그냥 지나칠 수 없어요. 천천히 곱씹어 읽고 독서 노트에 깨알같이 옮겨 적습니다.

가끔 마음이 길을 잃을 때, 오래된 독서 노트를 펼치곤 합니다. 내게 치유의 힘을 준 글들은 다시 읽어도 참 좋아요.

나를
뒤흔드는 책

아래의 글은 어디서 보고 베껴둔 건데, 출처를 기억할 수 없군요.

〈책을 사용하는 네 가지 방법〉

1. 쌓거나 펼쳐 가구나 쟁반, 베개를 삼기(폴 오스터의 『달의 궁전』의 가난뱅이)

2. 우상 숭배. 희귀 도서 수집가. 물신 숭배자(레베르테의 『뒤마클럽』의 파르가스)

3. 안일하고 진부한 체계에 맞춘 독서. 판에 박힌 교과서적 분류법에 사고를 고정시키고 순서대로 읽기(사르트르의 『구토』의 독학자)

4. '나의 성장'을 위해서만 존재 가치가 있는 책. 책을 우상 숭배하지도 않고 책의 가르침을 수동적으로 따라가지도 않으며, 고민을 함께 풀어갈 스승으로 봄(카뮈의 『전락』에 나오는 클레망소)

1번 방식으로 책을 사용한 적은 없고, 2번 욕구 역시 없지는 않았지만 약했어요. 지적 욕망과 허영이 버무려져 3번처럼 도전

하고 이내 좌절한 경험은 오래전에 여러 번 했네요. 하지만 지금은 여유롭게, 당연히 4번 방식으로 읽습니다. 도대체 그렇게 읽지 않을 이유가 어디 있단 말이지요?

나를 뒤흔드는 책, 내 굳어진 의식에 균열을 일으키는 책, 내 안에 불명확하게 꿈틀거리던 생각을 번개 내리치듯 적확한 문장으로 묘파한 책, 읽는 도중 새로운 생각이 꼬리를 물고 마구 솟구치는 책, 읽다가 설렘으로 잠시 덮고 가슴을 진정시켜야 하는 책, 한 걸음 행위로 나아가게 하는 책……. 그런 책들이 일으키는 동요와 흥분을 나는 사랑해요. 책으로 남겨진 '그이들'의 정신, 깨달음, 생명력을 전이 받고 나는 한 단계 성장합니다. 마음의 성장은 몸의 성장이 멈춘 후에도 계속되지요. 나는 늙어가지만 여전히 성장합니다. 고루한 나, 고집스런 나, 변하지 않으려는 나를 직시하고, 유연한 나, 받아들이는 나, 어린아이처럼 커가는 나를 느낍니다. 나이 먹을수록 오만하고 나만 옳다 고집하는 늙은이가 되지 않기 위해, 나를 균열시키는 외부, 타자를 만나는 일에 게으름 부리지 않으려 합니다.

우리가 읽는 책이 우리 머리를 주먹으로 한 대 쳐서 우리를 잠에서 깨우지 않는다면, 도대체 왜 우리가 그 책을 읽는 거지? 책이란 무릇, 우리 안에 있는 꽁꽁 얼어버린 바

겨울

다를 깨뜨려버리는 도끼가 아니면 안 되는 거야.

– 카프카, 『변신』 작가의 말에서

천천히 읽는
즐거움

이삼십대의 대부분을 책 더미 속에서 살았습니다. 학창 시절엔 문학 작품 읽기에 열렬히 빠졌었고, 직장인이 된 후엔 내적 갈망 보다는 외적 요구, 직업적 의무로 읽었던 책이 많았지요. 직업상 '읽어야 한다'는 강박이 있었습니다. 관심도 없고 알고 싶지도 않은 분야까지 꾸역꾸역 읽곤 했으니 그다지 행복한 독서는 아니었지요. 같은 직업군 안에서 종종 만나는 다독가들의 독서량과 독서 속도에도 주눅이 들었습니다. 밤늦게 퇴근하고 돌아와 아이 기저귀를 갈고 젖을 먹이고 밥하고 설거지하노라면 그 시간에 읽지 못하고 있다는 사실이 초조했어요.

불안감 때문에 '읽을 시간'을 강박적으로 탐했지만 나는 결코 다독가가 될 수 없었어요. 일상적 노동을 필요로 하는 집 살림과 육아 때문만은 아니었지요. '빨리, 많이 읽기'위한 자기 관리와 책을 손에서 놓지 않는 집중적인 독서 생활이란, 생각 많고 몸 게으르고 결심 무르고 아둔하기까지 한 내게 애초부터 벅찬 일이었습니다. 그럼에도 뱁새가 황새를 보듯 빠른 독서가들을 부러워했으니, 마음에 병이 날 법도 했지요.

　『천천히 읽기를 권함』의 저자인 야마무라 오사무는 그런 방식의 책 읽기를 '독서'가 아닌 '살펴보기' 혹은 '참조'라 일컫더군요. 직업석으로 속독이 필요하고 '정보 처리'식 독서를 해야 하는 사람들이 있습니다. 독서를 모든 생활의 중심에 두기로 결심하고 그러한 생활 방식을 선택한 사람들도 있고요. 책에 인용된 작가 세키카와 나쓰오가 "일어나서 읽고, 서서 읽고, 화장실에 앉아서도 읽고, 전철 안에서도 읽고, 걸으면서도 읽고, 침대에서도 읽고, 읽으면서 잔다."고 하는데, 이것은 아마도 읽는 것을 직업으로 하는 사람의 특수한 경우겠지요. 그러나 직장을 다니고 농사를 짓고 아이를 키우고 밥상을 차리는, 일상을 위한 노동을 이어가는 나처럼 평범한 사람들의 독서는, 요시다 겐이치가 썼듯 "날이 밝아 아침이 되고 해가 저물어 밤이 오는 시간"을 즐기는 독서 생활일 겁니다.

　나 역시 어떤 책은 실용적 필요에 의해 읽습니다. '참조' 방식으로 읽는 게 문제 될 건 없어요. 그런데 그렇게 읽어서는 문장과 행간이 전하는 울림과 내밀한 본뜻을 놓치게 되는 책들도 있거든요. 책이라는 물성을 매개로 시공간을 초월해 글쓴이의 내

면과 마주치는 짜릿한 공명의 경험을 해본 사람이라면 '천천히 읽기'의 묘미를 금세 이해할 겁니다. 허겁지겁 읽어치우면서 잠시 느끼는 정복감과 권수 축적의 욕망 말고, 내 안에 차오르는 환희와 설렘, 감각이 열리는 즐거움, 느긋한 평화의 순간, 그 참맛을요.

> 기쁠 때는 웬일인지 시간도 아득하게 피어오르는 것 같다. 현실에서는 아주 짧은 한순간이어도 시간은 한없이 피어오르고 펼쳐지며 충만해지는, 그런 기분에 휩싸인다. 그것이 정말 기쁘다. 젊었을 적에는 독서를 하면서 그러한 감각을 가진 적이 없었다. 더 성급했었다. 시간은 항상 부족했다. 어떤 책에 감동한 적은 있었어도 독서 자체에 감동하는 일은 없었다. 시간은 피어오르고 펼쳐 나아가는 것이 아니라 그저 흘러가 사라지는 것이었다. 지금은 확실히 독서의 감각이 달라졌다. 체감으로 알 수 있다. 언제쯤부터 알았을까, 그것도 알고 있다. 바로 천천히 읽게 되고 나서의 일이다.
>
> — 야마무라 오사무, 『천천히 읽기를 권함』에서

지금은 아무 강박 없이 마음이 끌리는 쪽으로 읽습니다. 예전처럼 마음 쫓겨 가며 읽지 않아요. 직업상의 필요가 사라졌다는 점도 있지만 꼭 그 때문만은 아닙니다. 지금 알고 있는 걸 그때도 알았더라면 그렇게 초조하게 문자 정보를 처리해야 한다는 강박으로 괴로워하지 않았을 거예요. 마음의 힘이 채워지지 않으면 그 공백을 무엇으로든 메우려고 몸부림치게 됩니다. 인정받지 못할까 봐 불안하여 그렇지요. 있는 그대로의 자신을 믿지 못하면 아무리 많이 읽어도 결핍을 메울 수 없습니다.

나는 야마무라 오사무에게서 배웁니다. 책은 저자와 함께 천천히 여행하듯이 마음을 열고 자신을 온전히 느껴가며 읽어야 한다는 것을, "연애편지의 답장을 읽을 때처럼" 각별한 느낌으로 천천히 읽어야 한다는 것을요. 연애편지의 답장이라면 한 문장, 한 단어, 행간의 숨은 뜻까지 집중해가며 마음을 다해 읽지 않을 수 없겠지요. 책 읽기는 삶의 태도와도 통합니다.

농사일에는 때가 있어서, 일단 시작하면 제멋대로 미루거나 멈추기가 어려워요. 초봄부터 늦가을까지 자연의 흐름에 따라 일을 합니다. 주말도 휴일도 따로 없는 농부는 책 읽는 일에 긴 호흡을 유지하기가 쉽지 않아요. 늘 읽고 싶은 게 책이지만 시간도 체력도 빠듯합니다. 종자를 심고 밭을 일구는 봄, 솟구치는 풀 더미와 씨름하는 여름, 수확과 저장에 손이 바쁜 가을을 보내며 짬짬이 읽다가 졸다가 끄적거리다가 엎드려 자는 나날이 계속되다 보면 마음의 목마름이 커져요.

이제 바야흐로 농부의 휴가철, 책 읽기 좋은 계절 겨울이에요. 농부에게 겨울은 한 해의 쉼표입니다. 비닐하우스 시설 재배를 하는 농부들은 겨울에도 쉬지 못한다지만, 저 따뜻한 남녘의 농부들은 한겨울에도 노지 채소를 키운다지만, 나는 어떤 핑계를 대서라도 겨울만큼은 쉴 거예요. 풀들이 쉬고, 벌레도 쉬고, 땅속 개구리와 뱀조차 겨울잠을 자는데, 나도 동굴 속 곰처럼 다락방에 들어앉아 군불 때고 볶은 콩이나 까먹으며 놀아야지요. 나의 서가에는 재미난 놀잇감들이 그득합니다. 표지만 봐도 설레는 책들이 책장에서 나를 향해 손짓하는군요. 천천히 음미하듯 읽으며 마음속에 번지는 균열을 기꺼이 반기겠어요.

없음에서 있음으로, 다시 없음으로

늙음을 앓으며 돌아감을 이해하다

흔들리는
건강

몸이 예전 같지 않다고 느낀 지는 오래되었어요. 천성이 몸에 무관심한 데다 당장 눈앞의 일거리들에 매달리다 보니 몸의 신호를 예사로 무시하고 지냈네요. 바쁜 가을이 지나자 어찌 버텼나 싶을 만큼 몸의 한계가 무너지기 시작했어요. 밥 해 먹는 일조차 힘들 만큼 끝없는 무기력에 빠져들었습니다. 몸이 힘드니 마음도 움츠러들었지요. 결국 지푸라기라도 잡는 심정으로 한의원에 찾아갔습니다. 지압과 침과 한약으로 장기 치료에 들어가는 한편, 한의사의 조언에 따라 매일 꾸준히 걷기를 시작했지요.

　　노동과 운동은 다르다는 걸 실감해요. 시골에 살다보면 몸 움직일 일이 많지만, 일을 많이 한다고 해서 건강해지는 건 아니지요. 무거운 물건을 나르거나 쪼그려 앉아 풀을 매거나 허리를 굽혀 일하는 자세는 오히려 몸에 무리가 될 때가 많아요. 따로 시간을 내어 운동을 하는 것도 어렵습니다. 장시간 고되게 일하고 나면 지쳐서, 그저 씻고 먹고 편히 쉬고 싶은 마음뿐이기든요.

타고난 체력은 빈곤한데 일은 버겁게 했구나 싶습니다. 농사일 없는 이 시기에 그동안 애써준 내 몸을 위해 걷습니다. 다가오는 일에 쫓기지 않고 지나간 일에 매달리지 않고, 걷고 있는 이 순간에 집중하는 연습을 합니다. 넘어진 김에 쉬어간다더니, 몸이 불편한 것도 인생의 쉼표를 경험하는 좋은 기회입니다.

걷는다는 것은 잠시 동안 혹은 오랫동안 자신의 몸으로 사는 것이다. 숲이나 길, 혹은 오솔길에 몸을 맡기고 걷는다고 해서 무질서한 세상이 지워주는 늘어만 가는 의무들을 면제받는 것은 아니지만 그 덕분에 숨을 가다듬고 전신의 감각들을 예리하게 갈고 호기심을 새로이 할 수 있는 기회를 얻게 된다. 걷는다는 것은 대개 자신을 한곳에 집중하기 위하여 에돌아가는 것을 뜻한다.

– 다비드 르 브르통, 『걷기 예찬』에서

겨울

절정에서
멈추다

매일 걷는 길. 집 앞에서 뒷산으로 이어지는 길을 걷다 보면 내 마음에 정해둔 반환점이 나옵니다. 나의 반환점은 뚜렷한 갈림 길도, 커다란 바위도, 아름드리 소나무도 아니에요. 너무 작아서 눈에 잘 띄지도 않는, 애써 들여다보지 않으면 거기 무엇이 있는지도 모르고 지나칠 법한 미미한 표식이지요. 단단한 돌길 한가운데 솟은 작은 식물, 바로 토마토입니다.

기이한 일이에요. 전혀 가능해 보이지 않는 장소에, 도저히 있을 법하지 않은 식물이 버젓이 자라고 있으니 말이에요. 주변에 밭도 없는데, 산길 한가운데 그것도 척박하기 이를 데 없는 돌길 위에, 황당하게도 토마토라니요.

처음 그 작은 식물을 발견했을 때, 너무 신기해 내가 잘못 본 게 아닐까 한참을 들여다보았어요. 하지만 아무리 봐도 토마토가 분명했습니다. 아직 꽃도 열매도 없이 미성숙한 상태였지만 그래도 토마토는 토마토였지요.

"어디서 흘러와 여기 뿌리를 내렸니."

녀석을 향한 내 목소리에 감탄과 존경과 애처로움이 뒤섞이는 걸 녀석도 알아챘을지 모르겠어요.

산길 한가운데 토마토가 자라고 있습니다.
겨울이 코앞인데 꽃까지 피웠어요.

산길이라지만 자동차가 넘어갈 수 있는 임도라서, 가끔씩 그 길 위로 자동차가 지납니다. 토마토는 절묘하게도 자동차의 바퀴 사이 중앙부에 서 있어서 차바퀴에 뭉개지지 않았어요. 게다가 자동차 바닥에 머리를 부딪치지 않으려고 바퀴의 반지름 내에서 제 키를 멈췄더군요. 기적 같은 생존이었습니다.

매일 산길을 걸어 올라가 조그만 토마토와 인사하고 녀석을 반환점 삼아 에돌아서 집으로 내려옵니다. 하루에도 여러 번 토마토 반환점을 돌아 내려왔다가 다시 올라가요. 그러는 사이 늦가을이 지났습니다. 어느 날, 토마토에 꽃망울이 맺힌 걸 보았어요. 날은 빠르게 추워지고 있었고 붉은 열매를 기대하기엔 땅도 식물도 역부족인데, 언감생심 꽃이라니요. 희망 없는 상황을 모르지 않을 텐데도 녀석은 꽃 피우길 멈추지 않았어요. 노란 꽃네 송이가 가난한 등불 같았습니다.

여느 때처럼 나는 통증을 느끼며 깨어났고, 아침을 먹은 다음엔 할 일이 아무것도 없었다. '나는 계속 나아갈 수 없어.'라고 생각하는 순간, 그에 대한 응답이 떠올랐다. 그건 내가 오래전 학부 시절 배웠던 사뮈엘 베케트의 구절이기도 했다. "그래도 계속 나아갈 거야." 나는 침대에

서 나와 한 걸음 앞으로 내딛고는 그 구절을 몇 번이고 반
복했다. "나는 계속 나아갈 수 없어. 그래도 계속 나아갈
거야.(I can't go on. I'll go on.)"

– 폴 칼라니티, 『숨결이 바람 될 때』에서

서른일곱 살의 젊은 신경외과 의사 폴 칼라니티는 의사로서
삶의 절정을 눈앞에 두고 폐암 말기 판정을 받습니다. 그가 죽음
을 앞두고 남긴 기록은 아프고 뜨겁고 아름다워요. "계속 살아갈
만큼 인생을 의미 있게 만드는 것은 무엇인가?"라고 묻는 그는,
죽어가는 대신 마지막까지 살아감을 선택합니다.

돌길에서 생을 시작한 토마토도 제 몫의 한살이 최선을 다했
네요. 절정에서 멈춘 삶, 열매를 맺지도 종자를 남기지도 못한
짧은 생애이지만 무의미하다 말할 수 없습니다. 길든 짧든 삶은
완벽합니다.

토마토 꽃이 피고 며칠 후 첫 서리가 내렸어요. 산길 올라가
보니 나의 반환점 토마토가 꽃과 함께 그대로 얼어 있었습니다.

겨울

늙음을
앓다

어느 날 거울 속에서 한 늙은 여자를 발견했습니다. 놀랍도록 낯설었어요. 주름이 깊게 패고 눈꼬리가 힘없이 처진 거울 속 여자는 이제껏 내가 알아온 그 여자가 아니었지요.

'어디 갔지? 여기 있어야 할 그 젊고 생기 넘치던 여자는?'

바쁘게 살아오는 동안 무심하다 싶을 만큼 거울을 보지 않았습니다. 화장도 거의 하지 않고 지내다보니 내 모습이 이렇게 달라진 줄 몰랐네요. 거울 속 여자는 내가 알던 나가 아니라 오랜 기억 속 우리 엄마 같았습니다. 돌아가시기 전 엄마 모습이 내 얼굴에 들어와 있었어요.

내 것이라 여겨왔던 젊음과 여성성이 쇠락해가는 걸 지켜보고 있습니다. 가끔 옛 기억에 사로잡혀 가슴이 닳기도 하고 여태 경험해보지 못한 상실감에 허둥거릴 때도 있어요. 누구와도 나눌 수 없는 감정의 격동에 시달리기도 해요. 스스로 생각하기에도 낯설고 혼란스런 마음의 흔들림을 겪으며, 이게 뭔가 싶었습니다. 예전엔 늙음과 죽음에 대해 꽤나 정돈된 입장을 갖고 있다고 자신했는데 말이에요. 관념의 뼈에 이제야 실감의 살이 붙나봅니다. "내가 늙음을 앓고 있구나." 탄식하듯 혼자 중얼거렸어요. 아무래도 좋습니다. 겪을 감정은 다 겪어보기로 하지요.

> 내가 직면하고 있는 현실 중에서 유일하게 확실한 것은
> 이 '필연적인 듯 보이는 존재'가 반드시 소멸된다는 것뿐
> 이다. (……) 안으로는 '생존을 위해 프로그램된' 생존 기
> 계로서의 욕구에 구속당하고, 밖으로는 세상이 주는 슬
> 픔과 고통에 압도당한다. (……) 결국 창조된 모든 것은
> 파괴되고, 부패되고, 기만당하며, 종국에는 소멸당하고
> 야 마는 것이다. 따라서 그것은 절대 믿을 수 없는 것들이
> 다. 우리가 이 살과 피와 신경들을 아무리 잘 관리한다고
> 해도, 언젠가는 모두 사라지고 만다.
>
> – 스티븐 배철러, 『선과 악의 얼굴』에서

모든 생명은 태어나는 순간부터 소멸의 과정에 들어섭니다. 야생의 삶에는 자연사가 없다고 하지요. 야생동물과 달리 인간은 문명을 이루고 질병을 통제하고 수명을 연장시킴으로써 자연사할 확률을 비약적으로 높였습니다만, 그렇다고 노년의 삶과 자연스런 죽음을 아무나 누릴 수 있는 것도 아닙니다. 전쟁과 사고와 질병 등 온갖 돌발 변수가 작동하는 이 불안정한 세계에서, 나이 들어 늙고 노환으로 돌아가는 경험은 어쩌면 소수의 특권

일지도 모릅니다. 오래 산 것은 운일 뿐 내가 잘나서 얻은 복이 아닙니다. 붙잡을 수 없는 젊음의 기억으로 마음을 앓기도 하지만, 생각해보면 이만큼 산 것도 과분하다 싶어요.

얼마 전 서울 나갔다 밤늦게 돌아오는 길이었어요. 버스 정류장에서 막차를 기다리는데, 내 앞에, 또 옆에, 몇 쌍의 젊은 연인들이 몸을 맞대고 서로를 어루만지고 있더군요. 머리카락을 쓰다듬고 입을 맞추는데, 그중 한 쌍은 여성이었습니다.

'그래, 눈치 볼 것 뭐 있니. 각자 자기 사랑 하는데. 상대가 이성이든 동성이든, 뭐가 문제니. 증오도 폭력도 아닌 사랑인데. 사랑만큼 좋은 게 어디 있다고.'

어느새 눈꼬리가 부드러워진 중년의 아줌마가 되어, 싱싱한 청춘들을 보며 오래전 떠나온 그 시절을 떠올렸습니다.

"그래, 실컷 젊음을 낭비하려무나. 넘칠 때 낭비하는 건 죄가 아니라 미덕이다. 낭비하지 못하고 아껴둔다고 그게 영원히 네 소유가 되는 건 아니란다."

『그 남자네 집』에서 읽었던 박완서 선생의 말을 마음속으로 읊조리면서요. 고까움 없이 진심으로.

죽음으로
잇는 삶

가까웠던 이들이 불과 몇 해 사이에 속절없이 이생을 떠났습니다. 엄마가 떠나셨고, 선배의 부고를 받았으며, 친구와 후배의 죽음도 지켜봤지요. 타인의 죽음은 3인칭이거나 2인칭으로 나에게 옵니다. 1인칭의 죽음은 아직 내게 도착하지 않았어요. 나는 장례가 끝난 뒤에도 여전히 그 이후를 살아갑니다. 그러나 나라고 언제까지나 타인의 배웅만 하고 있지는 않겠지요. 나 역시 언젠가 한 번은 나의 직접적 소멸 앞에 서지 않을 수 없습니다.

나라는 존재의 영원한 암전과 소멸을 상상합니다. 죽음은 순서대로 오는 게 아니어서, 언제 어떤 방식으로 그것을 맞을지는 아무도 모릅니다. 늦기 전에 준비해두기로 합니다. 내가 참고한 글은 스코트 니어링의 마무리예요. 다음은 그가 죽음에 대비해 마련해두었던 내용 가운데 일부입니다.

마지막 죽을 병이 오면 나는 죽음의 과정이 다음과 같이 자연스럽게 이루어지기를 바란다. 나는 병원이 아니고 집에 있기를 바란다. 나는 어떤 의사도 곁에 없기를 바란다. 의학은 삶에 대해 거의 아는 것이 없는 것처럼 보이

며, 죽음에 대해서도 무지한 것처럼 보인다. (……) 죽음
이 다가오면 나는 음식을 끊고, 할 수 있으면 마찬가지로
마시는 것도 끊기를 바란다. (……) 나는 되도록 빠르고
조용하게 가고 싶다. 따라서 주사, 심장 충격, 강제 급식,
산소 주입 또는 수혈을 바라지 않는다. (……) 죽음은 광
대한 경험의 영역이다. (……) 모든 삶의 다른 국면에서
처럼 어느 경우든 환영해야 한다.

— 헬렌 니어링, 『아름다운 삶, 사랑 그리고 마무리』에서

엄마는 치매를 오래 앓다가 가셨어요. 긴 과정이었습니다. 엄
마의 삶을 구성해온 모든 관계와 내용이 하나씩 떨어져 나갔지
요. 자존심을 탈각하고 가족을 망각하며 나중엔 육체의 본능조
차 모호성의 늪으로 빠져들었습니다. 엄마는 너무 일찍 정신을
잃는 바람에 본인의 삶을 마무리할 준비를 미처 하지 못하셨어
요. 엄마의 마지막을 지켜보며 나는 생물학적 죽음보다 먼저 올
수도 있는 철학적 죽음에 대비해 삶을 정리할 필요를 간절하게
느꼈습니다. 그것은 무엇보다 이 땅에서 잠시 살았던 내 육체와
정신에 대한 존중이고, 남은 가족에 대한 배려이자 의무이기도
하다는 생각입니다.

죽음도 소중한 삶의 일부입니다. 날강도나 악마를 대하듯 할

수는 없지요. 죽음에 대해 손사래 치며 두려워하며 언급조차 피하려는 태도는 내게 주어진 삶의 귀한 기회 하나를 거부하고 팽개치는 것과 다름없습니다. 할 수만 있다면 내 죽음의 과정을 내의지에 따라 영위하며 가고 싶어요. 강제적 생명 연장과 연명 치료에 대한 거부를 분명히 해두기 위해서 〈사전 의료 의향서〉를 썼습니다. 정신이 맑을 때 해놓아야 하는 중요한 일이라는 생각이 듭니다.

없음에서 있음으로, 다시 없음으로

이 한 권의 책을 집어 들면서 나는 왜 그리 설렜을까요. 맛있는 과자를 아껴 먹는 아이처럼, 사랑하는 사람과의 짧은 만남을 아껴 누리려는 연인처럼, 나는 이 책을 너무 빨리 읽지 않기 위해 뛰는 가슴을 누르며 심호흡을 하곤 했습니다.

메인 주의 숲에 거주하며 연구하고 글을 쓰는 생물학자 베른트 하인리히에게 동료 생태학자 친구가 편지를 보내옵니다. 책은 그 한 장의 편지로부터 시작돼요.

안녕, 베른트.

난 얼마 전에 심각한 병을 진단받았어. 그래서 내 바람보다 더 일찍 죽을 경우에 대비해서 장례 절차를 정해놓으려고 해. 내가 원하는 건 자연장이야.(사실 장례라고도 할 수 없지만.) 요즘에 사람들이 하는 장례식은 죽음에 대한 그릇된 접근법이라고 생각하기 때문이야.

좋은 생태학자라면 다 그렇겠지만, 나는 죽음이 다른 종류의 생명으로 바뀌는 과정이라고 생각해. 죽음은 무엇보다 재생에 대한 야생의 찬양이지. 우리 몸으로 파티를 여는 거야. 야생에서 동물은 죽은 장소에 그대로 누운 채 청소동물의 재순환 작업에 몸을 맡기지. 그 결과, 동물의 고도로 농축된 영양분이 파리, 딱정벌레 등등의 대이동을 통해 사방으로 퍼진다고.

　　　　　　　　　− 베른트 하인리히, 『생명에서 생명으로』에서

　죽음을 이토록 가슴 설레게 그려낸 글을 보지 못했어요. 고립된 개체로 소멸하는 고독감 대신 다른 존재로 이동하고 확산하는 연대감으로 가슴이 뜨거워졌습니다. 진실로 생명의 핵심이란 이런 것이겠지요. 나는 내가 아니라 우리이고 전체라는 생각은 종국에 육체의 나눔으로 완성되는 것이 아닐까 싶습니다. 전체인 나를 향한 개별 나의 마지막 선물이랄까요.

이 책에서 베른트는 말합니다. "우리는 생명에서 왔고, 우리 자신이 곧 다른 생명으로 통하는 통로이다. 우리는 비할 데 없이 멋진 식물과 동물에서 왔고, 나중에 그것으로 돌아간다." 예전에 해스컬의 글에서도 유사한 표현을 본 적이 있습니다. 그러고 보면 깨달음은 종교 안에 있는 것이 아니라, 내가 숨 쉬는 세상 곳곳에 유장히 흐르고 있는 듯해요.

> 흙의 주요 식량 공급원은, 죽음이다. 모든 육상동물, 잎, 먼지 입자, 배설물, 나무줄기, 버섯 갓 등은 언젠가 흙으로 돌아갈 운명이다. 암흑의 지하 세계를 거쳐 다른 생물의 먹이가 되는 것은 우리 모두의 운명이다.
>
> — 데이비드 조지 해스컬, 『숲에서 우주를 보다』에서

이 육체의 생성과 소멸 사이에 잠시 '나'라는 존재가 명멸하다가 사라집니다. 살아오는 내내 이 운명의 의미를 알고 싶었던 것 같습니다. 탁월한 재능과 아름다운 육체와 방대한 지식과 뜨거운 심성이 어느 날 느닷없이 사라져버렸을 때, 그 충격과 속수무책의 비통함을 도저히 어찌하지 못합니다. 대체 내가 알던 그 존재는 어디로 가버린 것인가, 분명히 있었던 그것이 어떻게 이토

거울

록 완벽하게 사라져버릴 수 있단 말인가, 하고요.

가까운 이들을 잃고 이해할 수 없는 심경으로 망연해 있을 때, 이성복의 글에서 막힌 가슴에 숨길이 도는 대목을 만났습니다. 마치 〈반야심경〉의 다른 버전을 본 듯했어요. 있다가 없어지는 것이 아니라, 없다가 있었던 거구나…… . 있음 앞에 없음을 하나 놓아두니, 있음 뒤에 오는 없음도 받아들여졌습니다.

우리는 누구나 '없음'의 상태에서 나와 '있음'의 상태로 머물다가, 언젠가 '없음'의 상태로 돌아갑니다. 이 돌아감은 지극히 당연한 것이고, 못 받아들일 수도 안 받아들일 수도 없는 것입니다. 우리가 나기 전 무량겁의 시간은 조만간 우리가 돌아갈 무량겁의 시간과 조금도 다르지 않습니다. '나'라는 티끌 먼지 때문에 잠시 갈라져 보일 뿐, 그 둘은 본래 하나입니다.

– 이성복, 『극지의 시』에서

없음과 없음 사이에서 우리는 있음으로 만났습니다. 우리가 사는 세상, 우리가 맺는 관계, 우리가 나누는 사랑, 이 모든 것이 찰나의 기적이라는 것을 이제 알겠습니다.

이 책에 인용된 책들

EBS '흙' 제작팀 『흙』 낮은산 2008

J. M. 바스콘셀로스 『나의 라임 오렌지나무』 박동원 옮김, 동녘 2003

KBS 스페셜 '종자, 세계를 지배하다' 제작팀 『종자, 세계를 지배하다』 시대의창 2014

강창완 · 김은미 『주머니 속 새 도감』 황소걸음 2006

고미숙 『공부의 달인 호모 쿵푸스』 북드라망 2012

김기협 『아흔 개의 봄』 서해문집 2011

김석환 『어느 클라리넷 주자의 오후』 문학과경계 2004 (《밥이 법이다》 인용)

김연수 『청춘의 문장들』 마음산책 2004

김용준 『근원수필』 범우사 1997

김태정 『한국의 자원식물』 서울대학교출판부 1997

김혜남 『심리학이 서른 살에게 답하다』 걷는나무 2009 (D.H. 로렌스 시, 〈자기 연민(Self Pity)〉 재인용)

김화영 『행복의 충격』 책세상 2001

김훈 『자전거 여행』 문학동네 2014

나태주 『풀꽃』 지혜 2014 (《풀꽃》 인용)

다비드 르 브르통 『걷기 예찬』 김화영 옮김, 현대문학 2002

데이비드 스즈키. 웨인 그레이디 『나무와 숲의 연대기』 이한중 옮김, 김영사 2005

데이비드 조지 해스컬 『숲에서 우주를 보다』 노승영 옮김, 에이도스 2014

도종환 『해인으로 가는 길』 문학동네 2006 (《산경》 인용)

레이첼 카슨 『침묵의 봄』 김은령 옮김, 에코리브르 2011

막스 피카르트 『침묵의 세계』 최승자 옮김, 까치 2010

바버라 킹솔버 · 스티븐 L. 호프 · 카밀 킹솔버 『자연과 함께한 1년』 정병선 옮김, 한겨레출판 2009

박완서 『그 남자네 집』 현대문학 2008

박웅현 『책은 도끼다』 북하우스 2011 (카프카, 『변신』 작가의 말 재인용)

법륜 『인생수업』 휴 2013

법정 『인연 이야기』 문학의숲 2009

베른트 하인리히 『동물들의 겨울나기』 강수정 옮김, 에코리브르 2003

베른트 하인리히 『생명에서 생명으로』 김명남 옮김, 궁리출판 2015

베른트 하인리히 『숲에 사는 즐거움』 김원중 · 안소연 옮김, 사이언스북스 2005

서경식 『소년의 눈물』 이목 옮김, 돌베개 2004 (에리히 케스트너, 『하늘을 나는 교실』 재인용)

손재천 『주머니 속 애벌레 도감』 황소걸음 2006

스티븐 배철러 『선과 악의 얼굴』 박용철 옮김, 소담출판사 2012

안규철 『그 남자의 가방』 현대문학 2001

알렉산드라 호로비츠 『관찰의 인문학』 박다솜 옮김, 시드페이퍼 2015

앤서니 스토 『고독의 위로』 이순영 옮김, 책읽는수요일 2011

야마무라 오사무『천천히 읽기를 권함』송태욱 옮김, 샨티 2003

야마오 산세이『여기에 사는 즐거움』이반 옮김, 도솔 2002

에드워드 윌슨『생명의 미래』전방욱 옮김, 사이언스북스 2005

에릭 마르쿠스『자연을 닮은 식사』박준식·진상현 옮김, 달팽이출판 2003

엘리자베스 토바 베일리『달팽이 안단테』김병순 옮김, 돌베개 2011

와타나베 이타루『시골빵집에서 자본론을 굽다』정문주 옮김, 더숲 2014

웬델 베리『온 삶을 먹다』이한중 옮김, 낮은산 2011

이광식『천문학 콘서트』더숲 2011

이나가키 히데히로『풀들의 전략』최성현 옮김, 도솔오두막 2006

이상권『애벌레를 위하여』창비 2010

이성복『극지의 시』문학과지성사 2015

이시카와 다쿠지『기적의 사과』이영미 옮김, 김영사 2009

이영득『주머니 속 나물 도감』황소걸음 2009

이우신 저, 유회상 녹음『우리 새소리 백 가지』현암사 2004

이화경『열애를 읽는다』중앙m&b 2014

장 그르니에『섬』김화영 옮김, 민음사 1997

장회익『공부도둑』생각의나무 2008

전우익『사람이 뭔데』현암사 2002

전이정『순간 속에 영원을 담는다』창비 2004

정혜신『마음 미술관』문학동네 2007

정희재『다시 소중한 것들이 말을 건다』예담 2014

제인 구달·게리 매커보이·게일 허드슨『희망의 밥상』김은영 옮김, 사이언스북스 2006

조안 말루프『나무를 안아보았나요』주혜명 옮김, 아르고스 2005

조안 엘리자베스 록『세상에 나쁜 벌레는 없다』조응주 옮김, 민들레 2004

쳇 레이모『1마일 속의 우주』김혜원 옮김, 사이언스북스 2009

칼 세이건『코스모스』홍승수 옮김, 사이언스북스 2004

페터 볼레벤『나무 수업』장혜경 옮김, 이마 2016

폴 칼라니티『숨결이 바람 될 때』이종인 옮김, 흐름출판 2016

필립 시먼스『소멸의 아름다움』김석희 옮김, 나무심는사람 2002

허운홍『나방 애벌레 도감』자연과생태 2012

헬렌 니어링·스코트 니어링『조화로운 삶의 지속』이수영 옮김, 보리 2002

헬렌 니어링『아름다운 삶, 사랑 그리고 마무리』이석태 옮김, 보리 1997

황대권『야생초 편지』도솔 2002

황선미『마당을 나온 암탉』사계절 2002

자연에서 읽다

김혜형 지음
2017년 7월 10일 처음 찍음

펴낸곳 도서출판 낮은산
펴낸이 정광호 | 편집 강설애 | 디자인 박소희 | 제작 정호영
출판등록 2000년 7월 19일 제10-2015호
주소 04048 서울 마포구 독막로 9길 23 아덴빌딩 3층
전화 (02)335-7365(편집), (02)335-7362(영업) | 팩스 (02)335-7380
홈페이지 www.littlemt.com 이메일 littlemt2001ch@gmail.com 트위터 @littlemt2001hr
제판·인쇄·제본 상지사 P&B

ISBN 979-11-5525-085-3   03810

이 도서의 국립중앙도서관 출판예정도서목록(CIP)은 서지정보유통지원시스템 홈페이지(http://seoji.nl.go.kr)와
국가자료공동목록시스템(http://www.nl.go.kr/kolisnet)에서 이용하실 수 있습니다.(CIP 제어번호:
CIP2017015501)